Contents

ラスコール
人の物語に続きを与える追憶の戦器「過ぎ去りし石剣ヨル」の化身。
Entike エンリケ
雷を操る戦士。神溺教団を打倒した後、行方をくらませている。
Olivia オリビア
天国を滅ぼすため、武装司書とハミュッツに楯突いた女性。
Kyasariro キャサリロ
武装司書。能天気だが、心の底に臆病さを抱えている。

戦う司書と終章の獣
Tatakau Sisho to Shuushou no Kemono
characters
Yukizona
ユキゾナ
武装司書。次期館長代行。病弱だが戦闘能力はハミュッツに次ぐ。
Hamyuts
ハミュッツ
バントーラ図書館館長代行。冷酷で極めて好戦的。投石器を操る。
Mattalast
マットアラスト
武装司書。ハミュッツの右腕。予知能力を使う実力者であり、天性の嘘つき。

イラスト／前嶋重機

戦う司書と
Tatakau Shisho to Shuushou no Kemono
終章の獣

序章　壮大なる終わりの始まり

　未明である。夜明けまであと一時間かそこらだろう。東の水平線は赤く、星はすでに空から消えていた。

　空気は冷たいが、空は綺麗《きれい》に晴れている。ここ数日寒い日が続いたが、今日は久しぶりに暖かくなるだろう。

　街並みにはちらほらと明かりが灯《とも》っている。朝の早い人々はとっくに起きている時間だ。パン屋の煙突から煙が上がっている。港には今日最初の輸送船が到着し、船員たちが早速《さっそく》積荷を下ろしている。

　バントーラ過去神島館下街の、いつもの朝の風景である。

　平穏《へいおん》な街にそぐわない、不気味な人影が一つある。それは、閉店したビアホールの屋根に立っている。そして街と島の中央にそびえたつバントーラ図書館の威容《いよう》を見つめている。

「ついにこの時が、訪れてございますか」

　人影は呟《つぶや》いた。黒い服に身を包んだ女性だ。長袖《ながそで》のドレスと白い手袋、ヴェール付きの黒い帽子を被《かぶ》り、肌《はだ》は全く見えない。手には、刀身《とうしん》が石で造《つく》られた奇妙な短剣を持っている。

人の物語に続きを与える追憶《ついおく》の戦器、過ぎ去りし石剣ヨル。またの名をラスコール＝オセロという。

「ひどく、唐突《とうとつ》でございますね。ルルタ＝クーザンクーナ様」

とラスコールは言った。そばで聞く者がいれば、首をかしげただろう。バントーラ図書館も街の人々の様子も、全く変わりはないからだ。主婦や使用人たちの奏《かな》でる包丁《ほうちょう》の音がかすかに聞こえ、パン屋からは、ちょうど焼きあがった今日の売り物が香《こう》ばしく匂《にお》っている。

朝一番の船からは、新鮮な野菜や肉がマーケットに届けられている。『本』を詰めた箱は、早朝出勤の一般司書や見習いの手でバントーラ図書館に運ばれていく。

平穏な光景の中で、ラスコールはなおも呟く。

「何しろこれは、この世界に起こりうる最大の事件でございます。この時を向かえるにあたり、今日という日は平凡すぎてはございませんか？　物語を見届ける者としては、いささか不釣合いを感じてございます」

しばしの沈黙があった。ラスコールは無機的に、小さく笑った。

「いえいえ、つまらぬ些事《さじ》でございますゆえ、お気になさる必要はございません。ただの感想でございます」

ラスコールは、誰と話をしているのか。周囲には人影はない。ラスコールの目は、ただバントーラ図書館に向けられている。

「私は、見届けるのみ。これが結末であるならば、私は何も言わずここで見続けてございます」

と言ってラスコールは笑った。

日付は、一九二九年一月十二日。正確な時刻は午前五時七分である。

今、この瞬間、世界で何が起きようとしているのか。

それを知っているのは、地上ではラスコール＝オセロのみである。

武装司書の誰も、神溺《しんでき》教団の誰も、今起きていることを知らず、これから起こることを知らない。バントーラ図書館の秘密を管理するマットアラストも、楽園管理者ミンスも、館長代行ハミュッツすらも、今日が何事も起こらない平凡な一日だと思っている。

「あれは、誰が言ったことでございましたか。たしかマットアラスト様でしたでしょうか」

ラスコールは言う。

「異常なし、には三つの種類がある。本当に何も起きていない状態。異変を事前に防げた状態。そして、異変に気づいていない状態の三種類だと。

一般の武装司書や、世界中の人々は一つ目だと思っていました。

ハミュッツ様、マットアラスト様、ユキゾナ様、ユーリ様、ボンボ様、そして楽園管理者ミンス様は二つ目だと思っていました。

しかし、事実は三つ目でございました」

ラスコールは一人語り続ける。

「この重大な事態を、なぜ誰も気づかないのか。気づこうともしないのか。長く人の物語を見続けてきた私でも、首をひねらずにはいられなくございます。

きっと、気づこうとしないからでございましょう。嘘《うそ》と策略に目を奪われ、その向こうの真実に気づけないのでございましょう」

ラスコールはふと、足元を見下ろした。そこは二週間前、武装司書たちが一年の締めくくりを過ごしたビアホールだ。オリビアとマットアラスト、ハミュッツと武装司書たち。騙《だま》す者と騙される者が入り混じった、虚言者《きょげんしゃ》の宴《うたげ》の会場だ。

「思い返せば、あの虚言者の宴。あれこそ、物語の締めくくりにふさわしい催《もよお》しでした。なんとも愉快《ゆかい》で、実にくだらない」

ラスコールの表情は、薄いヴェールに覆われて見えない。だが、この時間違いなくラスコールは嘲笑《あざわら》っていた。いや、今だけではない。二千年の間、いくつもの体を取り替えながら、ラスコールは常《つね》に無機的な笑みを浮かべていた。それは、人間たちに向けられた嘲笑《ちょうしょう》だったのかもしれない。

「人を騙すことで、何かを成し遂《と》げたつもりになっていたマットアラスト様。騙されたふりをすることで、勝利したつもりになっていたオリビア様。どちらも、大変に馬鹿《ばか》らしくございます。

どれほど騙そうと、隠そうと、真実は常に存在してございます。そして真実の前に、いかなる巧《たく》みな嘘も無力でございます」

一人喋《しゃべ》り続けていたラスコールが、何かに気がついた。そして今度は誰かに語りかけるように言った。

「おや、ようやくお気づきになられましたか。マットアラスト様」

語りかける相手は、この場にはいない。声も聞こえていない。

「ご理解なさいましたか？　そう、無力なのでございますよ。嘘は、真実の前に」

静かに、深く、ラスコールは嘲笑う。そして、屋根の中に溶けるように消えていった。


ラスコールが姿を消してから二時間あまりが過ぎた時。

バントーラ過去神島に、緊急召集《しょうしゅう》の鐘《かね》が鳴り響いた。その音は、バントーラ図書館最大級の危機を告げる鐘の音であった。

時は、一九二九年一月十二日。何の変哲《へんてつ》もない冬の日である。この日に至《いた》るまで、長い物語は続いてきた。武装司書は『本』を集め、守ってきた。神溺教団は幸いなる者の『本』を生み出しては、天国に捧《ささ》げてきた。両者は時に戦い、時に協力し合いながら、秘密を守り続けてきた。

ラスコールが不釣合いだといったのも、頷《うなず》ける。二千年の日々の終局としては、この朝はたしかに平穏すぎる。

一九二九年一月十二日。この日、バントーラ図書館の歴史は終わる。

第一章　敗残者の孤独な苦闘

その朝、彼は遠くから聞こえる鐘《かね》の音で目を覚ました。彼はこの音を知っている。これまでに、二度これを聞いている。

一度目は、一年と九カ月前、モッカニア＝フルールの反乱の時だ。二度目は、一年と少し前、蒼淵呪病《そうえんじゆびよう》の大乱の時だ。かつてバントーラ図書館で、武装司書とともに戦った彼にとって、ひどくおぞましい鐘の音である。

エンリケ＝ビスハイルは、毛布を跳《は》ね飛ばしてベッドから降りた。彼がいるのは、館下街の大通りに面する小さなホテルの一室である。

「何かあったのか？」

エンリケは窓の外に顔を出す。しかし、あいにくそこからはバントーラ図書館は見えない。

エンリケは慌《あわ》ただしく上着を羽織《はお》り、ホテルの廊下を走って外に出た。彼の身体能力ならば、窓から飛び降りることは造作《ぞうさ》もない。しかし今のエンリケは、自《みずか》らの魔法能力を隠している。雷撃《らいげき》の力を使うことも、常人《じようじん》以上の動作をすることも、絶対にやらないようにしていた。

ホテルの正面玄関から、道に駆け出す。辺《あた》りにはエンリケと同じく、不安そうに様子を窺《うかが》う一般市民たちがいる。

「またか？」

「あのテロリストは、もういないんじゃないのか？」

人々は、口々に囁《ささや》きあう。彼らが怯《おび》えるのも当然だろう。一年前の大乱の記憶は、今なお生々《なまなま》しく残っている。一般市民を巻き込んだ戦いが、また起きるかもしれないと、誰もが思っている。

「……あんた、何が起きたかわかるか？」

と、同じホテルの客が声をかけてきた。

「わからない」

首を横に振る。嘘《うそ》やはぐらかしではない。エンリケは一般市民たちよりも、バントーラ図書館内の事情に通じているが、それでも今、バントーラ図書館で何が起きているのかはわからなかった。

その時、背中に誰かがぶつかってきた。通常ならばよろけることもないが、エンリケは派手《はで》に転ぶ。自分の身体能力を隠すためだ。

「失礼！　ご無事ですか？」

背後からぶつかってきたのは、スーツ姿の男だ。背中の感触からして、肉体強化の魔術を使える人物だ。

「大丈夫ですか？」

「ああ」

スーツ姿の男がエンリケの腕を取って立たせる。

「非常時ですので、ご容赦《ようしゃ》を。失礼します」

男は大急ぎでバントーラ図書館に向かって走っていく。

「今の、武装司書か？」

と、さっきのホテルの客が呟《つぶや》いた。

「たぶん、そうだな」

とエンリケが答える。

さっきの男の顔には見覚えがあった。武装司書で、名前はたしかガモといったはずだ。マットアラストの紹介で顔を合わせたこともある。しかしガモは、エンリケを立たせただけでそのまま立ち去っていった。

ガモは、今ぶつかった相手がエンリケだと気づいていない。なぜなら今のエンリケは、ガモの知っている姿ではないからだ。

かつてエンリケは、『本』食らいの能力者ザトウに食われた。しかしその後、逆にザトウの体を乗っ取った。武装司書たちが知るエンリケとは、実はザトウの姿である。

そのザトウの姿が、今は変化《ちぢ》している。切れ長だった眼《め》は、ぎょろりとした三白眼《さんぱくがん》に変わっている。面長《おもなが》だった顔は縮み、鼻は低く大きくなっている。長身だった上背《うわぜい》も、今は標準程度だ。

多少ザトウの面影《おもかげ》は残っているものの、生きていた頃のエンリケそのままの姿だ。

エンリケの意思で変えたわけではない。この一年で自然にこうなったのだ。詳《くわ》しい理由はよくわからないが、おそらく魂《たましい》に体が合わせているのだろう。

ただ、『本』食らいの証《あかし》である、透明の髪の毛だけは今も変わっていない。そこだけは白髪《しらが》染めで黒髪に戻していた。

「気づいていないらしいな」

とエンリケはガモの後ろ姿を見ながら小さく呟く。

元のエンリケの顔は、武装司書たちの誰も知らない。死んだノロティすら知らなかった。雷《いかずち》の力を使いさえしなければ、彼の正体には誰も気づかないのだ。

二十日ほど前から、エンリケは過去神島に滞在していた。

武装司書たちが、神溺《しんでき》教団打倒の英雄として、自分を捜していることは知っている。キャサリロという女が、パーティに招こうとしていたこともあった。それらをエンリケは全《すべ》て無視した。そしてひたすら、正体を隠して生活していた。

なぜならエンリケは、武装司書と戦うつもりだからだ。

武装司書が守る最大の秘密、天国を滅ぼすつもりだからだ。

「おい、あんた。何が起きるかわからないし、ホテルに戻ったほうがいいんじゃないか?」

隣にいた男が話しかけてくる。

「そうかもしれないが……もう少し様子を見る」

エンリケは答え、じっとバントーラ図書館を観察する。屋根を跳《と》んで、館内に駆け込む人影が見える。さっき飛び立った飛行機が、急旋回《せんかい》して下りてくるのも見える。武装司書たちが召《しょう》集《しゅう》を受けて集結しているのだろう。

だが、中で何が起きているかは全くわからない。

「ちょっと覗《のぞ》いてみる」

そう言ってエンリケは歩き出す。親切な隣の男は制止しようとするが、すぐに諦《あきら》める。

好機かもしれない。

エンリケはそう思った。武装司書が混乱の中にあるなら、それに乗じるのも悪くはない。ともかくも、状況を把《は》握《あく》するのが先決だ。

エンリケは図書館に向けて歩く。武装司書と戦うために。

確かに彼らは、ノロティの大切な仲間だった。エンリケ自身も個人的な恨《うら》みはないし、敬意や友情を抱いている相手もいる。

しかし彼らとは、戦うほかないのだ。天国を滅ぼし、エンリケの戦いにピリオドを打つためには。

なおも鐘の音が打ち鳴らされるバントーラ図書館に、エンリケはゆっくりと歩いていく。

一年前。

蒼淵呪病の大乱が終わり、混乱の続くイスモ共和国にエンリケはいた。戦いが終わった三日後に、ノロティの『本』と、カチュアを抹殺《まっさつ》した旨《むね》を記した手紙を、バントーラ図書館に送った。

それで、武装司書たちとの義理は果たせただろう。あとのことはエンリケには関係ない。それからエンリケは、イスモ共和国をあてどなくさ迷い歩いた。その間、誰と出会い、何をしていたのか。エンリケ自身もよく覚えていない。

エンリケは勝利と引き換えに、全てを失った。自らの全てと言うべき、ノロティ＝マルチェを失った。そして唯一《ゆいいつ》の目的、神溺教団との戦いすら失った。

ノロティのいないバントーラ図書館に、戻る理由はなかった。神溺教団との戦いが終わった後の、平穏《へいおん》な生活にも、もう興味は持てなかった。戦いとは無縁《むえん》の生活を望んだのは、ノロティを安心させたかったからだ。

さ迷いながら考えていたのは、戦うことだった。それが、エンリケにできる唯一のことだからだ。彼は戦い以外の何も知らないし、何もできない。戦うほかに、何も考えられなかった。

馬鹿《ばか》らしいと、彼は自嘲《じちょう》する。

ノロティは、エンリケが平穏な生活をすることを望んでいたはずだ。それはわかっているが、できない。もう、ノロティはこの世にいないからだ。平穏な生活を手に入れても、もうノロティは喜んでくれないのだ。

彼は、ひたすらに戦う相手を探していた。しかし、もう戦う相手はいなかった。

そんな折、彼の脳に通信が来た。武装司書の一人、ミレポック＝ファインデルの思考共有だ。

（エンリケさん……お久しぶりです。武装司書末席、ミレポック＝ファインデルです。今どちらにいるのですか）

エンリケは思考を送り返せない。送り返せたとしても、応《こた》える気はない。

（私たちはエンリケさんを捜しています。武装司書と世界を救った御礼と、あなたにふさわしい待遇《たいぐう》を用意したいと思っています。お気に召《め》さないかもしれませんが、連絡をくださいノロティのことですが……ご心境察するに余りあります。ですが、どうか自暴自棄《じぼうじき》にならないでください。それは、ノロティの願いでもあります）

くだらない、とエンリケは吐き捨てた。お前ごときに何がわかる。

（それと、神溺教団が信じていた天国のことがわかってきました。確証はつかめていませんが、どうやら遙《はる》か昔の人が作った伝説が、妄想《もうそう》となって形作られたもののようです。神溺教団の残党は、我々が刈《か》り取っています。神溺教団の復活については、心配なさらないでください。それでは、連絡を待っています）

思考共有が切れた。品のない能力だなと、エンリケは思った。一人になりたい男に、無遠慮に近づいてくる。

「そうか。神溺教団は滅ぶのか」

エンリケは呟いた。ならば戦いは終わる。エンリケのやるべきことも終わる。

喜ぶ気にはなれなかった。神溺教団が滅んだら、戦う相手がいなくなってしまうのだ。

その時エンリケは、汚い町の安酒場に一人座っていた。浮浪者同然の身なりだ。客や店員は嫌悪の目を向けている。みじめな境遇が、今の自分にはふさわしいとエンリケは思っていた。

「酒だ」

エンリケが酒場の主人に言う。主人は聞こえないふりをした。エンリケは自嘲して、残り少ない酒を、瓶《びん》から直接飲み干した。

このまま、朽《く》ち果てるのも悪くない。元はといえば、とっくに自分は死んでいるのだ。そう思いながら、瓶を床に叩きつけた。

机に顔を突っ伏《つぷ》して、エンリケは目を閉じる。

(武装司書は滅び、世界は生まれ変わる。私の望む新たな世界に、君の居場所はない)

その時、思い出したくもない顔が浮かんだ。エンリケを利用し、ノロティを殺したカチュアの顔だ。

(ノロティの『本』と一緒に、君の『本』も天国へ連れて行こう。広大で深遠なる天国の片隅《かたすみ》には、君の居場所もあるだろう)

そんなことも言っていた。聞きたくもない話だが。

エンリケは思い出す。天を切り裂く大雷撃を放つ直前の、カチュアの顔。自らの死を受け入れ、なおも勝利を確信しているあの顔。

「………違う」

エンリケは呟いた。天国は、妄想などではない。妄想を元に、人間はあんな顔をしない。カチュアは確信していたのだ。天国は確かにあると。どこかに、必ずあると。

「違うぞ、ミレポック」

エンリケが立ち上がった。戦う相手を見つけたエンリケは、久方ぶりの笑みを浮かべた。だがその顔は正気と狂気の境目《さかいめ》にあった。

「天国は………必ずある」

周囲の人間が、がたりと椅子《いす》を揺らしてエンリケから離れていった。


それから一年後。

バントーラ過去神島の通りを、図書館に向かって歩くエンリケ。そこに、呑気《のんき》な声がかけられた。

「………あのさ、ちょっといいかね。そこの悪そうな人」

寝間着《ねまき》のまま、サンダル履《ば》きで話しかける女。彼女を見てエンリケは、とんだ相手と再会したものだと思った。久しぶりだなと言いかけて、喉《のど》のところで飲み込んだ。

そこにいたのは、オリビア＝リットレットだ。かつてハミュッツから逃げ、マットアラストを騙《だま》しぬいたオリビア＝リットレットだ。

「何かあったのか？　いやに騒がしいけど、通り魔でも現れたのかね？」

オリビアは呑気な声で言う。記憶を失った今の彼女は、ただの一般人でしかない。

「仕立て屋さん、あの鐘の音、知らないのか」

オリビアの他にも、鐘の音を聞いて飛び出してきた人がたくさんいる。彼らは皆、奇異《きい》の目でオリビアを見つめる。今この場で、事態を理解していないのは彼女一人だ。

「鐘？　ああ、さっき聞こえたな。あれがどうした？」

「バントーラの鐘が鳴ったんだぞ」

「なんだねそりゃ。うう寒い」

オリビアは、くしゃみをしながら寝巻きの腕をさする。

「知らないのか？」

「ここに住み始めたのは最近でよ、よくわかんねえ」

品悪く鼻をすするオリビアに、ずっと黙っていたエンリケが説明する。

「最大級の緊急事態を知らせる鐘だ。現在、全武装司書に、最優先の召集がかけられている」

眠そうだったオリビアが、その時初めて目を見開いた。

「そりゃ大変だな。何があったんだ？」

「それはわからん。ただ武装司書たちが、走っていくのが見えた」

オリビアはあごに手をやり、しばし考える。

「もしかしたら、あれかも知れねえな」

「どうしたんだ？」

エンリケが聞き返す。周囲の人々がオリビアに群がってくる。噂話《うわさ》のレベルでもいいから、情報が欲しいのは皆一緒だ。

「ちっと前、ハミュッツさんと話したんだが。あの人、自分には敵がいるとか言ってた」

「……どういうことだ？」

エンリケが尋《たず》ねる。

「二週間ぐらい前だな。自分を狙《ねら》っている正体不明の敵がいて、そいつが誰なのか、どこから来るのかわからないとか、そんなこと話してた。あの人、やばいのかもしれねえ」

街の人々がざわつく。エンリケも、少し思考する。オリビアの言う、ハミュッツを狙う敵とは誰か。

「いや、おそらくそれはないな」

と、エンリケは一言で否定した。

ハミュッツを狙う正体不明の敵とは、おそらくは『菫《すみれ》色の願い』を受け継ぐ者のことだ。そしてその正体不明の敵は今ここにいる。エンリケその人だ。

八カ月前、エンリケはオリビアから『菫色の願い』を受け継いだ。だから今、ここで武装司書を狙っているのだ。

「どうしてないんだ？　というか、あんた誰？」

オリビアが小首をかしげる。

「説明が面倒《めんどう》だ。俺は行く」

そう言ってエンリケは、オリビアの横を通り過ぎていく。

「仕立て屋さん、今の話どういうことなの？」

「あんた代行と知り合いなのか？」

周囲の人々が、オリビアに次々に話しかける。オリビアは対応に追われている。それを背にしてエンリケは立ち去った。


九カ月前のことだ。

天国と戦うと決意したエンリケだが、彼の道は困難に満ちていた。天国とは何か、どこにあるのか、実在するものなのか、エンリケには知る術《すべ》もないからだ。

戦う相手がどこにいるのかわからない。エンリケの絶望的な戦いは始まった。

いや、戦いというのも滑稽《こっけい》だろう。エンリケにできることは、手がかりを求めて、ただうろつき回ることだけだった。

そんな折、イスモ共和国のとある街で変化は起こった。エンリケは一人の男に声をかけられた。場所は裏町の酒場だ。

柄《がら》の悪い男だった。拳銃と派手なナイフで武装しているが、一目で戦闘の素人《しろうと》とわかった。

男はぶっきらぼうに一枚の写真を取り出した。

「お前、この女を知らないか？」

エンリケは目を見開いた。彼女のことは克明《こくめい》に覚えている。武装司書に保護されていたレナス＝フルールだ。

彼女は、ヴォルケンという男に連れ去られて死んだと聞かされている。だが、エンリケは連れ去られる前に彼女と会っていた。その時は、オリビア＝リットトレットと名乗っていた。

この女を、なぜ捜しているのか。そもそもこの女は生きているのか。この女を捜すお前たちは、一体誰だ。

疑問と動揺を顔に出さないようにするために、苦労した。幸い相手は鈍《にぶ》い男で、エンリケの心の動きには気づかないらしい。

「見覚えがあるようなないような……」

曖昧《あいまい》なエンリケの答えに、男は舌打《したう》ちをして写真を引っ込める。

「待て、何でその女を捜している？」

エンリケが食い下がる。もしかしたら、何らかの手がかりを得られるかもしれない。

「手前には関係ねえ。どうせどっかの爺《じじい》の愛人が逃げたとか、そんなのだ」

おそらく、本当に理由は知らないのだろう。誰の手駒《てごま》だったとしても、下《した》っ端《ぱ》だ。

「手伝わせてくれないか。少し金に困ってる」

「知るか。ゴミ箱でも漁《あさ》れ」

「……これでも、要《い》らないか？」

そう言ってエンリケは、机の縁《へり》を指でつまみ、ねじ切った。そして木の欠片《かけら》を握り締め、粉々《こなごな》のおがくずに変えた。

「お前、魔法使いか」

「多少腕には覚えがある。味方につけて損《そん》はないと思うが」

男は、打って変わった態度でエンリケに擦《す》り寄ってきた。

「それなら早く言ってくれ。大歓迎だぜ」

男は、自分の所属を名乗った。大層な名乗りだったが、つまるところ街のちんけなギャングである。エンリケは偽名《ぎめい》を名乗り、彼らの仲間に加わった。

この時は、たいした手がかりとも思っていなかった。神溺教団に関《かか》わるものなら、何でもよかった。釣り上げたものが、とてつもない大物だと気づくのは、オリビアを発見した後のことである。


それから一カ月後、オリビアの捜索は順調に進行した。すでに、どの街にいるかは突き止めている。あとは見つけ出し、雇《やと》い主に報告するだけだ。

「旦那《だんな》、最近顔が変わってきたんじゃありませんか」

街を歩きながら、同行しているチンピラが言う。エンリケの顔は、そのころも変化し続けていた。変化の予兆《よちよう》は、去年の終わりからあったが、ここ最近で完全にザトウとは別の顔になっている。

「そうだな、まあ、気にするな。たいしたことじゃない」

チンピラは、首をすくめて不気味がる。

「よくわかりませんねえ、魔法を使える人のことは」

この一カ月で、チンピラたちの雇い主は把握《はあく》していた。おそらく、マットアラストが雇っている私兵だろう。彼らのような連中を雇っていることは、ふとした折に聞いていた。

しかし、なぜマットアラストがオリビアを追っているのだろう。彼女は死んだと発表したのは、ハミュッツのはずだ。

彼女の生存を隠し、秘密裏《り》に追いかける理由は何か。エンリケは興味を持っている。

そして、街の片隅《かたすみ》。エンリケは、靴を磨《みが》く女性に目を留めた。

オリビアだ。あるいはレナスか。同行しているチンピラは、気づいていない。エンリケはそっとチンピラの首筋に指を伸ばし、小さな小さな電撃を放った。

「お、おい、どうした」

チンピラは前のめりに倒れる。エンリケは慌《あわ》てる演技をしながら、チンピラを支える。最小の威力《いりょく》で放ったので、傷跡も残らないだろう。ただ突然卒倒《そっとう》したとしか思わないはずだ。

エンリケはチンピラをベンチに寝かせ、その場を離れた。

不審《ふしん》を感じたオリビアは、靴磨きをやめて逃げ出していた。エンリケはそのあとを追い、路地裏に追いつめる。

「久しぶりだな、レナス＝フルールか。それとも、オリビア＝リットレットか？」

どちらの人格かわからない彼女は、懐《ふところ》からナイフを抜いて、怒った猫のようにエンリケを威《い》嚇《かく》する。その様子から、オリビアのほうだろうとエンリケは思った。

「………待て、俺は敵じゃない。話を聞け、オリビア」

「うるせえ。ハミュッツか、それとも神溺教団か」

「どちらでもない。とにかく落ち着け。俺のことを覚えているか。ヴォルケンと一緒に、一度会っているはずだ」

そう言ってエンリケは、小さな雷撃を手の中で生み出した。オリビアはしばらく記憶を辿《たど》り、やがて驚いた顔で言った。

「お前、エンリケ＝ビスハイルか。ずいぶん顔が変わったが」

オリビアは、なおも警戒《けいかい》を解かない。エンリケがマットアラストの命令で動いていると思っているのだろう。

「落ち着け。俺は捕まえに来たのではない。話を聞きに来た」

「……………なんのだ」

「お前はどうしてマットアラストに追われているんだ？」

オリビアとエンリケは、しばらく睨《にら》みあった。オリビアはナイフを下ろし、息をついた。

「とりあえず、話の前に何か食わせろ。いろいろあって疲れてるんだ」

「……………そうか。どこか、入るか」

オリビアは安い食堂で、ステーキを二人前平らげた。腹が減って疲れているのは本当らしい。支払いはエンリケ持ちだ。現在はエンリケは金に困っていない。

その間にエンリケは、さっき倒したチンピラを起こして家に帰らせた。もちろん、オリビアのことは話していない。

オリビアが寝泊まりしている貧民窟《ひんみんくつ》で、二人はお互いの事情を話した。

「……俺のほうは、そういうことだ」

先に説明をしたのはエンリケのほうだ。神溺教団を倒したが、エンリケはまだ天国を探していること。その手がかりを求める中で、オリビアの捜索に加わったこと。

「一応、信用するぜ」

と、オリビアは言った。多少エンリケは安心した。

「なぜあっさり信用する？」

「あんたが嘘をつく必要なんてねえからな。あたしの敵なら、間違いなく一瞬で殺しにかかるはずだからな」

と、オリビアは疲れ果てた顔で笑う。それを見て、彼女に何が起きたのか余計に興味を持った。最初に会ったときのふてぶてしさも余裕も、今は全く見えない。

「逆に、あんたがあたしの言うことを信じるか不安だぜ。なにしろ、突拍子《とっぴょうし》もなさ過ぎる。なさ過ぎて自分で信じられねえぐらいだよ」

「とりあえず、話せ」

オリビアは、長い時間をかけて語った。まずは、子供の頃に出会った、ベンド＝ルガーの話だ。続いては、神溺教団の船にいた時のこと。そして記憶を奪われレナス＝フルールに変えられたこと。

「……ここまででも、たいした話だろ」

　そう言ってオリビアは笑った。エンリケも、壮絶《そうぜつ》で奇怪《きかい》な人生を過ごしてきた。オリビアの人生はそれに匹敵《ひってき》すると思った。

「まだあるんだぜ。この先からが楽しくなるんだ」

　オリビアの戦いはさらに続く。記憶を取り戻したこと。ヴォルケンとの出会い。さらにはハミュッツとの戦いと、生還《せいかん》。

　そして最後に、ラスコール＝オセロとの出会い。そして、ラスコールから聞かされた『菫色の願い』のこと。

「……最後のラスコールについては、あたし自身妄想じゃないかと疑《うたぐ》っちまう。それぐらい、突拍子もねえ、とんでもねえ話だからな。信じるかい、エンリケ君よ」

　エンリケは口元を押さえ、しばし沈黙していた。

「どうしたね、エンリケ君」

「信じる、さ。そいつは、ラスコール＝オセロと名乗ったんだな」

「ああ。よくわからねえ、妙なガキさ」

「なら、信じる。ラスコール＝オセロならば、信じるさ」

　エンリケも、ラスコールとは関《かか》わりが深い。エンリケ自身の『本』をザトウに運び、クモラの『本』とノロティの『本』を自分に運んできた。神溺教団の味方か敵かもわからないが、秘密の中核に位置する存在なのは間違いない。

　そのラスコールが言った。天国はあると。その事実が、オリビアという証拠を伴《ともな》って現れた。

その感情が、怒りなのか歓喜なのか、エンリケにもよくわからない。ただ、肌《はだ》が総毛立《そうけだ》ち、指が震える。ようやく、戦いが始まった。その思いがエンリケの肌を震わせていた。

その上に、エンリケはさらなる手がかりを得たのだ。

天国を滅ぼす唯一の手段『菫色の願い』。

「全く今日は、何て日だ」

エンリケは笑った。戦う相手と、勝つ手段を、同時に手に入れたのだ。

「良い笑い方だよ、エンリケ君。この戦い、あんたなら託《たく》せそうだ」

「俺以外、誰がいる？」

「たしかにな。あんた以外いない」

そう言って二人は笑いあった。


その晩、エンリケはオリビアの寝床《ねどこ》に泊まった。名目上エンリケは、オリビアを追っているのだから一緒に外をうろつくのはまずい。

「天国とは、なんなんだろうな」

エンリケが言った。二人は並んで、一人用のベッドに腰かけている。枕元にエンリケが座り、足側のほうにオリビアが胡坐《あぐら》をかいている。エンリケが話し続ける。

「今わかっていること。天国は、幸福な人間の『本』を集める場所だ。武装司書は神溺教団を

生みだし、天国に幸福な人間の『本』を送っている。両者は協力しながら、秘密を守っている。なんのためだ?」

「さあな、見当もつかねえや」

オリビアは肩をすくめる。

「あたしにわかってるのは、武装司書も神溺教団も同じ穴の狢《むじな》ってことさ。あたしらを捕まえ、人生をぶっ壊した連中ってことだよ」

「何のために天国の秘密を守ってるんだ? 天国とは、どんな目的で存在している?」

エンリケはひたすら考えている。

「そりゃ、決まってるさ。神溺教団の連中と同じだよ。あいつらは死んだ後、天国ってのに行きたいのさ。それだけだよ」

オリビアは言う。

「そうかな……俺はそうは思わない」

「なんでだ」

「あの連中は悪党だが、ある部分潔白《けっぱく》だ。目的のためには手段を選ばないが、目的は決して私欲や自己の利益ではない。義務を果たすことだけを考えている。

ハミュッツ=メセタは例外だが、あの女も戦い以外では無欲なほうだ」

「そうかね」

「俺はお前より、武装司書と関わりが深い。だからわかる。

あの連中の強さは、最終的にはその義務感と責任感にある。それは神溺教団が持たず、武装司書が持っていた強さだ。

私欲が目的なら、おそらく武装司書はもっと弱い組織のはずだ」

「……それで、なんだよ」

「天国を守るのは、私欲のためではない。奴《やつ》らが果たさねばならない義務だからだ。その義務に、どんな事情があるのかはわからないが」

「あんたは、そう思うのかね。あたしにはわからねえや」

「そうだな」

エンリケは武装司書の正の部分と関わってきた。オリビアは負の部分を見続けてきた。見るものが違えば、結論も変わってくるだろう。どちらが正しいのかは、今の二人にはわからない。

「ともかくも、天国の正体だな。それがわからなければ、戦いようがない」

オリビアは首を横に振る。

「その前に、あたしらが生き残ることだ。生きてなきゃ戦えないからな」

エンリケは、確かにそうだと思いなおした。

それから二人は、これからの策を練りあった。

「あんたは、武装司書と繋《つな》がりがあるだろう。バントーラ図書館に戻って情報を探れないか？」

エンリケは首を横に振った。

「無理だな。お前が捕まるか、お前の『本』が発見されたら、ハミュッツたちは俺の命を狙いに来る」

「……あんたなら、それでも勝てると思うが」

「無理だ。正面からでは、勝てない」

それは、エンリケの冷静な判断だった。

ハミュッツには到底《とうてい》勝てないだろう。マットアラスト相手でも引き分けに持ち込むのがやっとだ。その上ユキゾナとボンボもいる。

カチュアを倒した天からの雷撃も、このクラスが相手では使い物にならない。発動まで三十秒はかかる上に、空に雨雲がなければ使えないのだ。

「何人かと相討《あいう》ちに持ち込むことはできるかもしれない。だが、それでは意味がない。その先の秘密までたどり着かなければいけないんだ。

しかし、奴らに気づかれたらおしまいだ」

「つまり、あんたの存在を隠しておけばいいんだな。あたしと会ったことも、あんたが天国と戦おうとしてることも」

「そうだが、可能なのか？」

「考えるのさ、可能にする方法を」

二人は数時間かけて話し合った。エンリケは詐術《さじゅつ》が得意ではない。策略のほとんどは、オリビアのアイデアだった。

「マットアラストを騙し、記憶を消して俺のことを隠す、か」

薄氷《はくひょう》を踏み渡るような作戦だ。案を出したオリビアにも、成功させる自信はないと言う。だが、それでも今はそれ以外考えられなかった。

「あたしが負けてもがっかりするなよ」

「ああ」

エンリケは頷《うなず》く。たとえオリビアが負けても、時間は稼《かせ》げるだろう。それで十分だ。

「あたしにできるのは時間稼ぎだけだ。そのあとは、あんたに任せる。もしあんたがだめなら、他の誰かに受け継がせてくれ。天国ってのを倒す意思と、その手段。途切《とぎ》れなければ、いつか勝てる」

「……わかった。もし俺が殺されて、お前が生きていたら、お前が誰かに伝えろ」

「望みは薄いけど、やってみるさ」

そこで、話は途切れた。戦うこと以外に、二人の話題はなかった。

二人の間に長い沈黙が流れる。男と女が寝床にいて、やるべきこともあるだろうが、二人ともそんな気分にはならなかった。

ふいにオリビアが、口を開いた。

「あの、ノロティって娘、死んだのか」

「……ああ」

「残念だな。いい子だったのに」

「そうだな。本当に、そうだ」

会話は続かない。エンリケにとっては口に出すのも重過ぎる。エンリケの心境を、オリビアも察したようだ。

「あの、ヴォルケンという男も死んだんだな」

「ああ。良い男だったよ。本当に良い男だった。死んでから、もう半年もたっちまうのか」

オリビアが昔を懐《なつ》かしむように言った。

「他にも、武装司書が多く死んだそうだ。あのイレイアまでが死んだらしい」

「そのくせ、ハミュッツやらマットアラストやらは生き残ってるのか。どうかしてるぜ、この世の中」

「全くだ。どうしてか知らんが、俺もまだ生き延《の》びている」

なんとも、救いのない会話である。二人は続けるのが嫌になり、話を止《や》めた。

オリビアがまた口を開いたのは、数分後だった。

「なあ、あんたとあたし、子供のころに会ってるって知ってるか？」

エンリケが少し驚く。子供の頃の記憶は、すでに蘇《よみがえ》っている。だが、オリビアのことは思い出せない。

「覚えてないのか。あんたクラー自治区の戦災孤児《こじ》だろ。その目つきの悪さで思い出したぜ」

「そうか、お前もあそこにいたんだったな」

エンリケは記憶を探る。そういえば、子供でも誰でも手当たりしだい襲《おそ》いかかる、狂犬のような少女がいたような気がする。オリビアという名前までは知らなかった。

「あのころに比べりゃ、だいぶましかな。とりあえず飯《めし》の心配はしなくていいしな」

「どうだかな。俺は大差ないと思うが」

二人は笑いあう。エンリケは頭に浮かんだ名前を、ふと口に出してみた。

「お前、コリオ＝トニスのこと、知ってるか？」

オリビアは首をかしげた。

「お前は一匹狼《おおかみ》だったからな。知らないのも無理はないか。俺のグループにいたんだ。仲間同士、助け合って暮らしてたんだ」

エンリケは、子供のころのコリオの顔を思い返す。ひどく無口で頼りない、一人では生きていられないような子供だった。成長したコリオの顔を想像しようとして、断念した。

「そのコリオってのが、どうかしたのか？」

「あいつは、真人《しんじん》の一人シガル＝クルケッサを倒した」

オリビアがはっと目を見開いた。

「……いや、待て。あのちんちくりんのチビか？」

「知ってるのか」

「クラー自治区じゃなくて、船で一度会ってる。本当か？　あんなガキがシガルを倒したのか？」

「信じられないが事実だ。ハミュッツがコリオのことをずいぶんと気にかけていた」

オリビアの顔が輝いた。

「そりゃすげえや。たいしたもんだ、よくやったぜコリオ。あいつ、今どうしている？」

「残念だが、相討ちだった。それでも、良い死に方をしたと思うよ」

エンリケが首を横に振る。オリビアも項垂《うなだ》れる。しかし二人とも、決して悪い気分ではなかった。

「カヤスのこと、知ってるか？」

今度はオリビアが話題を振った。予想もしていなかった名前に、エンリケが驚く。カヤスとは、ザトウに食われた仲間の一人だ。超回復の能力者である。

「ああ。わかる。お前も覚えてるのか？」

「あたしな、あいつと食い物取り合って、何回か殺しあったんだよ。最後はとにかく目が合ったら喧嘩《けんか》だったな」

などと、オリビアは楽しそうに話す。

「碌《ろく》な仲じゃないな。残念だけど、あいつも死んだよ」

「そうか……あいつも死んだか」

オリビアが肩を落とす。

「マルフレアはどうした？　あいつも神溺教団に捕まったはずだが」

エンリケが言う。エンリケとともに暮らしていた、戦災孤児の一人だ。一緒に神溺教団に捕まったが、その後姿を見ていない。

「マルフレア……」

しばらく考えて、オリビアは思い出した。

「思い出した。船で一緒だったよ。あたしと一緒に戦って……結局どうなったかはわからねえ」

「お前の船、沈んだんだったな」

「ああ」

おそらく、生きてはいないだろう。エンリケはため息をつく。

「クナリはどうだ？」

オリビアが聞いてきた。彼も、クラー自治区の戦災孤児だ。孤児たちを束《たば》ねるリーダー的な存在だった。

「あいつは肉じゃなくて、神溺教団に入信して擬人《ぎじん》になったはずだ」

「そうだったのか、あの野郎……死んだかな」

不愉快《ふゆかい》そうにオリビアが顔をしかめる。

「だろうな。武装司書が擬人たちを皆殺しにしてる。誰に殺されたかまではわからんな」

「ガキのころにぶっ殺しておけばよかったぜ」

「そうだな。だが、まあ良い。武装司書が念入りに殺してくれただろう」

オリビアがまた、別の名前を思い出す。

「じゃあ、あいつはどうだ？　パスラは？」

「パスラ？　知らない名前だな」

エンリケは首を横に振る。

「そうか……船で一緒だったんだが……」

今度はエンリケが聞く。

「じゃあオリビア、ササリは知ってるか？」

「ガキのころは知ってるが、神溺教団に入ってからは見てねえな。もしかして、あいつ生き延びてるのか？」

「いや、あいつも死んだよ」

二人はしばしの間、思い出話に花を咲かせる。クラー自治区の中で、必死に生きていた子供たちの名前を口にしあう。だが、懐かしい彼らの顔は皆、死者となって消えていった。

ふとオリビアが、少し優しい目をして言った。

「レーリアのことは知ってるか？」

抱きしめたいほど懐かしく、泣きたいほど悲しい名前だった。エンリケの、生涯《しょうがい》の友だ。エンリケの前で、初めて笑顔を見せたあの男。コリオに同行し、トアット鉱山で爆死した男。

「……お前も、レーリアを知ってるのか？」

「昔一度、病気にかかってさ。こりゃ死ぬなと思ってた時、レーリアが看病してくれた。一緒に行こうと思ったけど、結局喧嘩して別れちまった。良い奴だったのにな」

「……ああ、良い奴だった。本当に、良い奴だった」

レーリアは、こんなところにもいたのか。そう思って、エンリケはかすかに笑った。

一時間は話しただろうか。やがて、思い出に残った名前も尽きたころ、エンリケが静かに言った。

「皆、死んだな」

「ああ、皆死んだ。なんでだろうな。みんな、良い奴ばっかりだったのに」

「俺たちは、どうして生き延びているんだろうか」

「知るかよ。あたしだって、わかんねえよ」

何の因果《いんが》か、ここに残された二人の敗残兵《はいざんへい》。両者の間に、奇妙な連帯感があった。

「天国がなければ、あいつら、みんな生きてたんだろうな」

「ああ。皆、死ななかった」

クラー自治区の仲間たちは、神溺教団に利用されて死んでいった。

武装司書は天国のために、神溺教団も天国のために、戦い、戦い、死んでいった。

思い返せばこの戦いは、長く果てしない、敗北の歴史のようにも思える。勝った者は一人もいない。全ての人物は、天国に殺されたのだ。

「勝ってくれよ、エンリケ。あいつらのために」

オリビアが手を差し出した。

「お前もな、オリビア」

エンリケがそれに応えた。二人は、貧民窟のベッドの上で、固く手を握り合った。


時は移り、一月十二日。

エンリケはオリビアの横を通り過ぎ、バントーラ図書館に向かっている。勤務中だった一般司書が、図書館の正門から避難していくのが見える。危機は、外部ではなく図書館内で進行しているということだ。

「おいあんた、中で何が起きているんだ?」

一般司書の一人に話しかける。

「守秘義務がある。あとで公式発表があるからそれを待ってくれ。危険だから自宅で待機していなさい」

舌打ちをして、一般司書から離れる。一般人のふりを続けていては、情報収集もままならない。だが自分の正体をばらすにはまだ時期が早すぎる。どうしたものかと悩みながら、しばし図書館の周りをうろついていた。

中に入ってみるか。そう思った瞬間、背後に気配を感じた。

見覚えのない人物だ。だが、その独特の気配は知っている。手に持った石剣のこともだ。

「ラスコール=オセロか。何の用だ?」

短い間に、ずいぶんと懐かしい顔に再会するとエンリケは思った。

「お久しぶりでございます。これからどこへ向かうおつもりでございましょうか」

「決まっている。バントーラ図書館だ」

「そうでございますか」

ラスコールはそっけなく言った。この奇怪な存在に用は特にないが、エンリケは足を止めた。どうしても聞いてみたかったことがある。

「お前の目的はなんだ？」

「目的と申しますと？」

「お前は武装司書に協力しながら、神溺教団にも協力している。そのくせに、オリビアに『菫色の願い』を伝えて、どちらにも反逆する行動も取る。目的はなんだ？」

「何度も申し上げてございますが、私の目的はただ、続きを与えて結末を見ること。それ以外にはございません」

相変わらず、よくわからない奴だとエンリケは思う。

「俺が武装司書を滅ぼすとしても、構わないということか」

「もちろんでございます。それがあなた様の結末ならば」

「俺が、負けるのも構わないと？」

「その通りでございます」

この存在について、深く考えるのは無意味かもしれない。エンリケはそう思うことにした。

「時にエンリケ様。オリビア様から受け継いだ、『菫色の願い』。どこまで進展してございますか？」

「勝利まではあと、少しだ」

エンリケは断言した。

「ほう、それは、驚いたものでございます。どこまで勝利に近づいてございますか？」

「俺は、天国の正体と、武装司書の真実にたどり着いている。あとは、天国を滅ぼすことのみだ」

「……………ほう」

ラスコールは少し感心したような、それでいて馬鹿にしているような、奇妙な声を漏《も》らした。

オリビアと別れた後、エンリケは旅行者に変装した。バントーラ過去神島に潜入し、オリビアの周囲を探った。はっきりした途中経過はわからないが、オリビアが無事に暮らしているのはわかった。

バントーラ図書館に暮らすエンリケに、接触してくる武装司書はいない。そして、オリビアの前に顔を見せても、彼女はエンリケのことを思い出さない。

オリビアの策略が成功したことを確信すると、エンリケはひとまず過去神島から離れた。

『ルルタ＝クーザンクーナという男を、絶望から救い出す』

オリビアが、そしてラスコールが言うには、これが天国を滅ぼす唯一の手段だという。だが、エンリケにはルルタとは何者なのかわからない。天国に関わる重要人物なのだろうが。為《な》すべきことは、天国の正体を知り、ルルタという男を見つけ出すこと。そのどちらも、歴代の館長代行が知っているはずだ。

方法は三つある。

一つ目は、秘密を知る者から直接聞き出すこと。つまり、ハミュッツ、マットアラスト、ユキゾナの三人。確実に真実を知っているのは、おそらくこの三人のみだろう。

だが、困難が伴う。この三人にはエンリケの力では、一対一でも勝てるかどうか微妙なところだ。それに、倒したところでこの三人が、秘密を漏らすとは思えない。

先代館長代行、フォトナ＝バードギャモンという人物もいるらしい。だがこの男は五年前、ハミュッツに地位を譲《ゆず》ると同時に引退し、図書館から一切の関係を断った。現在は行方《ゆくえ》すら知れないという。

エンリケの調査能力で見つけ出すのは難しいだろう。あるいは、本当は生きていないのかもしれない。彼を捜し出すことも、現実的ではない。

生身の人間から、聞き出すことは諦めた。

二つ目は、秘密を知る人間を殺し、その『本』を読むこと。

これも難しい。単純な戦闘力では劣っていることに変わりはない。しかも殺した後、『本』を手に入れることも困難だろう。『本』を管理するのは武装司書なのだ。ラスコール＝オセロに協力を求めるのも不可能だ。

不確定要素が多すぎるこの作戦も、外した。

最後は、最も単純な方法だ。

第二封印《ふういん》書庫に入り、歴代の館長代行の『本』を読むこと。秘密を収める場所に行き、秘密を知る。なんとも単純で、エンリケの性《しょう》に合っている。

その準備のために、エンリケはしばしの時間を要した。


準備ができたのは、半年後だ。

十二月二十八日。武装司書が集《つど》うパーティーの当日、エンリケはバントーラ図書館へと潜入した。迷宮の中から武装司書が消える唯一の日。決行の時はこの日以外に考えられない。唯一のチャンスの日に、なんとか間に合った。

見習いたちの監視をかいくぐり、鍵《かぎ》を盗み出して、書庫に入る。エンリケは、人気《ひとけ》のない封印迷宮の入り口に立った。

「ここからは、賭《か》けだな」

息を呑《の》みながら呟く。一度足を踏み入れればもはや後戻りは利《き》かない。潜入が発覚すれば、囲まれて一巻の終わりだ。

今しかない。そう覚悟を決めて、エンリケは封印迷宮の扉に手をかけた。

無論《むろん》この日、封印迷宮は閉鎖《へいさ》されている。扉を開く権利は正規の武装司書しか保持していない。もちろんエンリケは、その権利を持っていない。

さらに言えば、図書館自体も見習いたちに厳重に警備されている。封印迷宮に入るどころか、その入り口に立つことすら本来は困難極《きわ》まりないのだ。

だがエンリケは数々の障害を、一度に解決する特別の抜け穴を持っていた。半年かけて行った準備とは、このことだ。

エンリケは、扉に両手を当てて、言った。

「ルイモン＝マハトンの権利をもって、図書館管理者に要請《ようせい》する。迷宮封鎖《ふうさ》を、解除する」

扉の中で重い金属音が響いた。押すと、静かに開いた。すぐさま中に入り、扉を再度封印した。

ルイモン＝マハトン。トアット鉱山竜骸咳《りゅうがいぜき》事件で命を落とした、若い武装司書である。彼の『本』は後《のち》に、『本』食らいの怪物ザトウに食われた。つまり、彼の持っていた知識も、魔法権利も、今はエンリケの体内にあるのだ。

エンリケは、魔術審議を行い、ルイモンの魂に接触した。そして彼の持つ扉を開く権利を手に入れ、図書館の警備状況、迷宮の内部構造を知ったのだ。

「変わっていないな。やはり、お前たちは、身内の裏切りにもろい」

エンリケは小さく笑い、迷宮の最奥《さいおう》に向けて駆け出した。

衛獣《えいじゅう》はたいした障害にはならない。エンリケの実力ならば、第二封印迷宮を単独で突破することは可能である。

問題は、武装司書に気づかれることだ。エンリケは痕跡《こんせき》を残さないよう、慎重に進んだ。

そして、もう一つの問題は、ハミュッツの存在だ。

ハミュッツが気まぐれに触覚糸《しょっかくし》を迷宮に伸ばせば、すぐにエンリケの存在は知れる。触覚糸への対抗策だけは最後までどうしても思いつかなかった。

これは、運を天に任せるしかない。幸いにも、武装司書の間で揉《も》め事が起きている。ハミュッツはヤンクゥとオリビアに気をとられ、迷宮の中までは注意が回らないはずだ。

その賭けに、エンリケは勝った。追ってくるものも、先回りするものもなく、半日がかりで第二封印書庫にたどり着いた。

「……武装司書、たどり着いたぞ。お前たちが守る秘密とやらに」

扉に手をついて、エンリケは呟く。

武装司書恐れるに足りず。勝利はすでに手元にある。あまりにも上出来な結果に、そんなうぬぼれすら感じていた。そして、扉を開く。

「！」

うぬぼれは、淡雪《あわゆき》より簡単に消え去った。扉に手をかけてから、扉を開く僅《わず》かな間に。

扉を開いた瞬間、エンリケは大きく十メートルも背後に跳んだ。中に何かがいる。ハミュッツか、マットアラストか、それともまだ知らない武装司書がいたのか。

生まれて初めて経験する、圧倒的な威圧《いあつ》感。瞬間的に、自らの死を予感した。

「誰だ？」

半開きの扉からは、何も出てこない。死の予感は消えたが、とてつもない威圧感はまだある。

動けない。足がすくむ。現在、世界でも五本の指に入る戦士エンリケが、草食動物のように怯えている。こんな威圧感は、人間では決してありえない。

「………神………か？」

いまさらながらにここが、過去管理者バントーラの居城であることを思い出す。天国とは、バントーラそのものなのか。だとしたら、人間であるエンリケが対抗する術《すべ》などない。

「………いや、違う」

ラスコール＝オセロは確かに言った。『菫色の願い』が叶《かな》えば天国は滅ぶと。滅ぼす術があるならば神ではない。

エンリケは、第二封印書庫に足を踏み入れた。

暗い書庫の中に立つ、一本の樹木。これが天国だと、エンリケは理屈ではなく理解した。この威圧感の主が、奇妙な樹木であることも。

攻撃することは考えなかった。本能的な恐れもある。正体がわからないまま攻撃するのは下《げ》策《さく》だと、冷静な判断も働いた。

この選択は正解だった。この樹木は自らを因果抹消《いんがまっしょう》能力で守護している。これに攻撃を加えた瞬間、自動的に攻撃者の体は破砕《はさい》される。常笑《とこわら》いの魔刀シュラムッフェンのような不完全な因果抹消能力ではない。エンリケの超回復も、マットアラストの予知能力も、ユキゾナの腐壊《ふかい》波動も、完全な因果抹消能力の前では無力に等しいのだ。

攻撃した瞬間、エンリケは絶命していただろう。たとえ彼でも、脳と心臓をばらばらにされれば、間違いなく死ぬ。

「……これについては、あとだな」

エンリケは、樹木を無視し、周囲に保管されている『本』に目を向けた。館長代行たちの『本』が、石造りの飾り気のない本棚に、積まれている。

ここに収められているのは、過去管理者の代理人たちのものだ。人間としては最上位の地位にある者たちのはずだ。それにしてはこの殺風景《さっぷうけい》な光景はどうだろうとエンリケは思った。凍《こご》えるほどの寒さはしかたないだろう。だが、無骨《ぶこつ》というよりは大雑把《おおざっぱ》な書庫の造り。そしてこの暗さと重苦しい雰囲気《ふんいき》。偉大な人間たちの『本』を収める墓というより、罪人を閉じ込める刑務所のように思えた。彼らは罪人なのか。死んでもなお、償《つぐな》えない罪を重ねた者たちなのか。エンリケはそんな印象を抱いた。

読む『本』は、館長代行のものならどれでも構わない。とりあえず、一番新しい『本』を手に取った。五代前の館長代行の『本』らしい。それ以後の代行の『本』は見当たらない。

「………！」

『本』に指を伸ばした瞬間、エンリケは思わず振り返った。樹木から、視線を感じたからだ。

樹木が、自分を見ている。何かはわからないが、この樹木は、間違いなく意思のある存在だ。

エンリケを見ている。敵意はなく、好意もなく、ただ見つめている。

「……恐れるな！」

自身を鼓舞《こぶ》し、『本』を素手で摑《つか》む。エンリケは瞬時に、五代前の代行の人生と、彼らが守り続けてきた秘密の全てを知った。

摑んでいた『本』を、離した。小さな音を立てて床に落ちた。

「！」

幸いにも、割れてはいない。エンリケは震える手で、もう一度摑んで本棚に戻した。

「……これが、真実……」

エンリケの背中で、パリ、と音がした。下着の、背中のあたりが凍《こお》りついている。こんな寒い場所なのに、『本』を読んでいたのは一瞬なのに、エンリケは大量の冷や汗《あせ》をかいていた。

天国の正体はわかった。

武装司書の義務も理解できた。

ルルタとは何者かもわかった。エンリケはそれさえわかれば、天国を滅ぼすことは造作もないと考えていた。しかしそれが、ただの思い込みに過ぎなかったと今わかった。

「……」

一歩一歩、ゆっくりとエンリケは扉に向かう。背後の樹木から、必殺の攻撃が飛んでくるような気がして、生きた心地がしなかった。

第二封印書庫を出て、迷宮に入る。最強レベルの衛獣がうろつく第二封印迷宮が、安全地帯のように思えた。

エンリケは扉に背中を持たせかけ、ずるずると床にへたり込んだ。

「あれが……天国、ルルタ＝クーザンクーナ……」

思い出すのは、オリビアから聞いた言葉。

『ルルタ＝クーザンクーナを絶望の淵《ふち》から救い出す。それが天国を滅ぼすこと』

「そんなこと、一体どうすればいい。どうすれば、いい」

エンリケはしばしの間、繰り返し呟いていた。恐れるな、迷いを捨てろ。命を捨ててでも、天国を滅ぼすのだ。そう心の中で言い聞かせながらも、繰り返される言葉は止まらなかった。

「……どうすればいいんだ」

書庫を出て、迷宮を抜けたエンリケは、ちょうどパーティーを終えた武装司書たちと遭遇《そうぐう》した。彼らに、エンリケの存在にも迷宮への侵入にも気づいた様子はない。オリビアの身も、どうやら無事のようだ。

彼らの平穏な姿を確認し、エンリケは今一度、館下街へ姿を消した。

それから二週間。

あの日の恐れは、もう捨てている。どれだけ天国が強大な存在だろうと、構うものか。どうせ始めから捨てている命だ。

「ほう、もうすぐでございますか」

と、ラスコール＝オセロは言った。珍《めずら》しく、からかうような口調だった。

「すでに、天国の正体にはたどり着いている。あとは、『菫色の願い』を叶えるだけだ」

エンリケは言う。だが、多分に強がりを含んでいる。『菫色の願い』を叶えることがいかに困難か。真実を知った今こそ、理解できる。

「ふ、ふふふふふ」

ラスコールが笑い出した。

「そうでございますか。あとは『菫色の願い』を叶えるだけと。それはそれは、確かに勝利は間近《まぢか》でございましょう」

嫌な言い方をするな、と思った。ラスコールはエンリケの強がりを見越している。

「激励《げきれい》にでも来たのか？　それとも、嘲笑《あざわら》うつもりか」

「無論、嘲笑ってございますよ。エンリケ様」

歯に衣着せず、ラスコールは言った。エンリケも思わず戸惑《とまど》った。

「オリビア様も人選を間違えてございましょうか。せっかく『菫色の願い』を受け継ぎ、一年もの時間をかけて、その有様《ありさま》でございますか」

心外な台詞《せりふ》だった。エンリケなりに、勝利には近づいたつもりだ。

「いえいえ、お気になさる必要はございません。もとより、あなた様の手に余ることではございます。天国を滅ぼすなど、元来、不可能なことでございますから」

「……まだ、始まったばかりだ。ここからだ」

エンリケは言う。これは強がりではない。自分が生きている限りは、戦いは続くのだから。

「いえ、そうはいかないのでございます。エンリケ様」

「どういうことだ？」

「残念ながら、あなた様は間に合わなかったのでございます。単純に申し上げまして、時間切れ。あなた様の戦いは、残念ながら今日で終わりでございます」

意味がわからない。なぜ、終わりなのか。ハミュッツやマットアラストに知られたとしても、戦いは終わりにはならない。

まさか、エンリケより先に誰かが天国を滅ぼしたのかと思った。しかしラスコールの口調に、吉報《きっぽう》を告げる気配はない。

「……だから、何を言っている？」

「文字通りの意味でございます。オリビア様の努力、あなた様の戦い、どちらも無駄な苦労だったということでございます」

「……きちんと説明しろ。どういうことだ？」

「長い間の骨折り、ご苦労様でございました」

「おい、説明しろ！」

エンリケを無視して、ラスコール＝オセロは掻《か》き消えた。

なにやら、雲行きが変わってきたのを感じていた。エンリケが予想した、図書館への襲撃者《しゅうげき》や内乱というような事態ではない。

もっと重大な、とてつもない何かが起きているような気がする。

ぐずぐずするのは、やめた。エンリケは塀《へい》を飛び越えて図書館の敷地内に入る。

「……誰もいないか」

降り立った場所は、敷地内の公園の片隅だ。こんな場所に誰もいるわけがない。そう思った瞬間、遠くに人影を見つけた。

子供か、それとも小柄な女性か。一人で座り込んでいる。利用客が足でも挫《くじ》いたのかもしれないと、近づいた。顔を見て、エンリケは驚いた。

武装司書の一人、キャサリロ＝トトナだ。緊急召集がかかっているのに、こんな場所で何をしているのか。

「おい、どうした!?」

びく、とキャサリロは身を震わせた。

「だ、誰？」

武装司書の中でも、かなりの実力者と聞いていた。しかし、このざまはどうだ。話しかけただけのエンリケに飛び上がるほど驚いて、怯えている。

「こんなところで何をしている？　それより、中で何が起きてるんだ？」

「……だ、誰なのさ、あなた」

「そんなことはどうでもいい。とにかく中で、何が起きている？」

キャサリロは、エンリケの顔を見ながら唇《くちびる》を震わせている。

「中……中で……」

「中で何が起きているんだ？」

「……中……」

キャサリロは頭を抱え、うずくまった。彼女ほどの戦士を、ここまで怯えさせるものが図書館の中にある。エンリケは図書館で起きていることが、想像を絶する事態だと確信した。現在は敵とはいえ、一度は肩を並べて戦った武装司書だ。エンリケは彼らの身を案じる。

「どうなっている、何が起きたんだ？」

「違うの、起きたんじゃない……これから、始まるのよ」

「何を言っている？」

キャサリロは、頭を抱えながらわなわなと震え続ける。精神状態が平常ではない。

「落ち着け、中はどうなっている？　武装司書は何をしているんだ!?」

「うるさい！」

立たせようとしたエンリケの手を、跳《は》ね除《の》けた。

「わかんない、わかんないの！　あんた誰よ!?　何が起きてるのよ!?」

「落ち着け、キャサリロ！」

「うるさい、うるさいのよ！」

エンリケを怒鳴りつけたキャサリロは、逃げるように駆け出した。その腕を捕まえて、落ち着かせようとする。

「放して、もう終わりよ、あたしたち、もう終わりなのよ！」

「だから、いったい何が!?」

エンリケの手を振りほどいて、キャサリロは走っていく。彼女を追うより、図書館に突入したほうが早い。エンリケは図書館の本館に向かう。

エンリケの脳裏《のうり》に、キャサリロが最後に放った言葉がこだまする。

（あたしたち、もう終わりなのよ！）

「……………まさか」

知らず知らずに、冷たい汗をかいている自分に気づいた。

最悪の事態が、頭に浮かんだ。恐ろしすぎて、考えることすらしなかった事態だ。図書館が終わりだということ。エンリケの戦いが終わりということ。

それは、つまり。

「……………まさか……………ルルタ＝クーザンクーナが……………」

その先は、恐ろしすぎて声にならない。喉《のど》の奥までこみ上げて、そのまま胃に落ちていった。

遠く離れたビアホールの屋根の上で、ラスコールが答えた。

「その通りでございますよ、エンリケ様」

朝はまだ早い。長い長い一日は、まだ始まったばかりである。

第二章　さまざまな常識の崩壊

その異変に、最初に気づいた人間は武装司書のマットアラスト＝バロリーだった。

彼は地の底、バントーラ図書館最奥《さいおう》の、第二封印《ふういん》書庫でそれを知った。

しかし、彼についてはしばし置く。


マットアラストが異変を知ると同時に、バントーラ図書館地上部、館長代行執務室で次なる異変が起きた。

空中に突然、鉄の刃《やいば》が出現した。何の前触れもなかった。まるでシネマの特殊撮影のようにそれは現れた。刃渡り三センチほどの、ひし形の刃だ。持ち手はなく、飾りもない。

それは空中を滑るように動き、ハミュッツのデスクに突き刺さった。そしてぎりぎりと音を立てながら、樫《かし》のデスクに文字を刻《きざ》んでいった。

二行の短い文章を刻んだ後、ひし形の刃は瞬時に跡形《あとかた》もなく掻《か》き消えた。

その時ハミュッツは、隣にある仮眠室のソファで眠っていた。

同時刻。

遠く離れたイスモ共和国の首都。ミンス＝チェザイン率《ひき》いる新生神溺《しんでき》教団の本拠地でも異変は起きていた。小さなビルの二階、ミンスのデスクに同じように、ひし形の刃が出現した。

ひし形の刃は同じように、デスクに文字を刻んで消え失《う》せた。

この時、神溺教団の本部には誰もいなかった。時差のため、イスモ共和国は深夜である。擬《ぎ》人《じん》やそれ以外の従業員も出勤しておらず、ミンスは三階の自室で休んでいた。

ハミュッツもミンスも、異変には気がつかず、眠り続けていた。


マットアラストの次に、異変に気づいたのは、新人武装司書のリズリー＝カロンと、テナ＝ターノ。それにベテラン武装司書のルイーク＝ハルトアインの三人である。

場所は、バントーラ図書館中心部。封印迷宮の入り口にあたる、第六書庫の奥であった。

「んー。今日は俺が一番乗りか？」

ルイークが、首をこきりと鳴らしながら、迷宮の入り口に下りてきた。片手には、昨日から持ち越しになっていた『本』の閲覧申請書《えつらんしんせい》を持っている。背中には百キロを超える巨大な鉄の槍《やり》。

「さて、今日も一仕事するかな」

と、ルイークは扉の前で軽く柔軟運動をする。

彼は武装司書随一《ずいいち》の巨漢である。並みの成人男性三人分の体重と、普通の家屋の天井に頭がつくほどの身長。さらに体は太く黒い毛に覆《おお》われ、猛獣《もうじゅう》が服を着て槍を担《かつ》いでいるようにも見える。軽く体を温めるだけで、毛むくじゃらの肌《はだ》から湯気が立ち上る。

その表情には、気負いも緊張もない。命の危険を伴《ともな》う迷宮進入任務だが、中堅武装司書である彼にとっては日常そのものである。

「さっきテナが入っていきましたよ」

と、電信室から話しかけてきたのは、新人武装司書のリズリーだ。ルイークの胸にも届かない小柄な少年だ。細身の体と子犬のような顔は、武装司書にはとうてい見えない。腰に差した細剣《さいけん》と小さな銃だけが、戦士らしい雰囲気《ふんいき》を見せている。

彼は昨日の夜から電信室に詰めていた。迷宮内に異変がないか監視するのが、今の彼の仕事だ。

「ほお、早起きだな。早起きはいいぜ」

「僕は嫌いですけどね、ああ眠い。早くミレポックさん来ないかなー」

そう言いながらリズリーはあくびをする。

「一日二日の徹夜でぼやくな。軟弱だぜ」

そう言いながらルイークが、扉に手をかける。

「軟弱で結構ですよー」

さて今日も、衛獣《えいじゅう》たちと遊んでくるか。そう思いながら、ルイークは扉を開ける。扉の先には、広い階段がしばらく続き、その向こうにはテニスコート三つ分ぐらいの広間がある。そこから二十本ほどの回廊が延《の》び、第五迷宮の各ルートに繫《つな》がっている。

　足を一歩踏み入れた瞬間、ルイークは驚いた。

「うお、いきなりか！」

　扉を開けたすぐ前に、衛獣の〝騎兵《きへい》〟が待っていた。第五階層を守る衛獣の一種で、衛獣の中では最も弱い形態である。それでも無論《むろん》、並みの人間よりは遙《はる》かに強いが。

「大丈夫ですか？」

「あたぼうよ」

　ルイークは〝騎兵〟の槍を片手で受け止めて、その体を持ち上げる。そのまま迷宮入り口の階段から大広間へ投擲《とうてき》する。五百キロを超える〝騎兵〟が、階段を転げ落ちていく。背中に背負った大槍を使うまでもない。

「最近は衛獣たちも仕事熱心だな。代行にも見習わせたいぜ」

　そう言いながらルイークは、止《とど》めを刺せたかどうか確認に行く。

　迷宮書庫を守る魔物、衛獣。公式に確認されている中では、世界に唯一《ゆいいつ》の異形《いぎよう》生物だ。彼らとの戦いは、武装司書たちの最も日常的な任務である。

　しかし衛獣は、武装司書たちの敵ではない。衛獣の存在意義は、封印されている『本』をあらゆる侵入者から守ることだからだ。

　衛獣は、バントーラ図書館が誕生した二千年前から、封印迷宮を守護している。彼らは封印迷宮のそこかしこをうろついて、侵入者を見つけたら無差別に攻撃を行う。

彼らに勝つ力のない者は、封印された『本』に触れる資格はない。『本』を扱《あつか》うことが許されるのは、衛獣の警護を突破できる戦士のみ。つまり、武装司書のみということだ。

迷宮の深いところほど、封印されている『本』の重要性は増す。それに伴って、衛獣も強さを増していく。

第五階層を守る衛獣たち、たとえば〝騎兵〟や〝犀《さい》〟、〝針毛狼《しんもうろう》〟あたりなら、重武装した並みの人間、十数人がかりで倒せるだろう。第四階層の〝象兵《ぞうへい》〟や〝刃髪獅子《じんはつしし》〟は、戦車や装甲《そうこう》車《しゃ》すら撃破する。

第三書庫は中位以上の武装司書でも、命の危険を伴う。見習いや情報担当の武装司書では勝ち目はない。第二封印書庫に至《いた》れば、ヴォルケンやキャサリロクラスの武装司書と互角《ごかく》の衛獣が、当然のように生息している。

おそらく、全《すべ》ての衛獣が集結すれば、武装司書の全戦力を上回るだろう。世界中の軍隊にも匹敵《ひってき》するかもしれない。

たしかに、強敵ではある。しかし、神溺教団の連中との戦いを思い出せば、衛獣など可愛《かわい》いものだ。衛獣は決して、迷宮の外には出ない。定められた階層よりも上で遭遇《そうぐう》することもない。

武装司書にとって衛獣は、強敵であると同時に、同志でもある。ともにバントーラ図書館を守る仲間なのだ。

「む？」

倒れた〝騎兵〟がまた立ち上がろうとしている。手ごたえから戦闘不能を確信したが、妙にしぶとい。ルイークは小首をひねる。

「おや、休み明けでなまってるのか俺は」

「年末年始で、飲みすぎなんじゃないですかあ？　脂肪《しぼう》でお腹《なか》たぷたぷですよ」

リズリーがからかってくる。

「んなことねえや。鋼《はがね》の腹だぜ」

ルイークは、セメントで固めたような腹を、どんと拳《こぶし》で叩《たた》いた。

「よしよし、どうした。気が立ってるのか？」

〝騎兵〟が再度突進してくる。ルイークはあやすような口調で言いながら、軽く〝騎兵〟を打ち倒す。

その時、リズリーが異変に気がついた。

「ルイークさん、また来ましたよ」

顔を上げて、広間の様子を見る。今度やってきたのは〝扉〟と呼ばれる衛獣だ。迷宮入り口の階段を駆け上り、足音を響かせて突進してくる。

珍《めずら》しい事態である。封印迷宮の浅い部分では、守る衛獣の数はあまり多くない。二体と同時に戦うことは、一日に一度あるかないかだ。迷宮の入り口でそれに遭遇したことなど、ルイークの記憶にない。

しかしこの時はまだ、それを異変と感じるには至《いた》っていない。ただ、珍しいこともあるものだと思うだけだ。

「座り仕事で体だるいんですよ、手伝いましょう」

そう言いながら今度はリズリーが細剣を抜いた。新米ながら戦闘力は十分に高い。顔に似合わず好戦的なところもある。

「いらねえよ」

「遠慮せずに」

「おい、俺の獲物《えもの》だぜ」

ルイークが不満を漏《も》らすが、リズリーは聞かずに〝犀〟に向かって細剣を構える。華麗《かれい》にかわしながら戦うのが似合いそうな男だが、そうではない。

〝犀〟の突進に、真正面から突きを繰り出した。剣の先から、戦車砲を遥かに超える威力《いりょく》の衝撃波が放たれた。〝犀〟の頭に、握り拳大の穴が空《あ》き、尻《しり》までを貫通する。

「おっと、また手加減失敗だ」

衝撃波は、勢い余って迷宮の床に突き刺さり、大きな穴を空けた。

「お前、迷宮壊すのやめろよ」

「あはは、怒られちゃった」

怒鳴り声に、聞く耳を持たないリズリー。やっぱり、こいつには教育が足りないなとルイークが考えたその時。

別の音が聞こえてきた。また衛獣が現れたのだ。

今度は同時に二体。〝犀〟と、〝針毛狼〟だ。

ルイークとリズリーの顔色が変わったのは、危機感ではない。この二人なら同時に十体現れても対処できるだろう。

「……………」

しかし、この短い時間に四体が現れるのは、いささか尋常《じんじょう》ではない。衛獣はふだん、迷宮を単独で徘徊《はいかい》しているのだ。組織だって行動することはなく、仲間とともに襲《おそ》いかかってくることもない。

十数分の間に、四体。間違いなく多すぎる。

異常事態。その言葉が、二人の頭にはっきりと浮かんだ。


仮眠室で、ハミュッツが目覚めたのはその時である。

年が明けてから数日、彼女は久しぶりに忙しく働いていた。館長代行の座を、ユキゾナに譲《ゆず》る手続きのためだ。

最近のハミュッツの勤務態度に、不満の声が各所から噴出している。武装司書や一般司書だけではなく、各国の首脳部や現代管理庁からも抗議が届いている。

それもそのはずだ。ハミュッツはここ最近、ほとんど代行らしい仕事をしていない。実質ユキゾナが代行の仕事を務めている。

この椅子《いす》に座っているのも、いい加減に限界に来ているのだ。ハミュッツも、そろそろ常識的な判断をせざるを得なかった。

「はー。引き継ぎってのも面倒《めんどう》くさいわ。こればっかりはマットに任せらんないしねぇ」

仕事の引き継ぎに加え、任命式や代行への就任儀式など、儀礼的な仕事や煩瑣《はんさ》な手続きも多い。これも、もう少しの辛抱《しんぼう》と思ってハミュッツは日々を過ごしている。

代行の座を譲った後も、ハミュッツはまだバントーラ図書館に留まるつもりだ。もちろん理由は戦うためだ。

カチュアこそ滅んだものの、まだ残党が隠れているかもしれない。オリビアと、その後継者の反逆もこのあとどう展開していくかわからない。

まだ図書館には波乱の種《たね》は残っている。この最高の場所から、離れる手はない。

「んー、肩凝《こ》ったわねぇ」

ハミュッツはそう言いながら、けだるそうに執務室に入る。コーヒーでも持ってこさせようと考えた瞬間、デスクの異変に目を留めた。

寝る前は、見なかったデスクの傷。

最初は、誰の悪戯《いたずら》かと思い、軽い気持ちで目を向けた。

「!」

次の瞬間、食いつくようにデスクに走った。

刻まれた言葉を見た瞬間、体が震えた。

「ルルタ……」

ハミュッツが呟《つぶや》く。そして全身から触覚糸《しょっかくし》を放出する。それらを一斉《いっせい》に地下に向ける。

最初に伝わってくるのは徹夜仕事を終えた一般司書たちの姿。続いて、迷宮前のルイークとリズリー。迷宮内にいる、テナと衛獣たち。

さらに迷宮の最深部にいるマットアラスト。

そして。

「……………あ、あははは」

ハミュッツが笑い出した。彼女は一瞬で、全ての事態を理解した。

「あははは、そうなの、そうなんだルルタ。急に言うから、びっくりしちゃったじゃない。もう少し早く言ってくれればいいじゃないの、ねえ、ルルタ。聞こえてるんでしょ？」

笑う。笑いながらハミュッツが震えていた。

あのハミュッツ＝メセタが、恐怖と驚愕《きょうがく》に震えていた。


階段を駆け上がって突進してくる、二匹の衛獣。それを迎え撃ちながらルイークが言う。

「今日は立入禁止か？」

「あるんですか、そんなの」

「さあな」

ルイークが〝犀〟の体を受け止め、両手で締め壊す。リズリーが細剣で〝針毛狼〟の首を刎《は》ねる。

二人は顔を見合わせる。そして一度迷宮から出た。中の様子が見えるように、扉を開け放しておいた。

「どうしましょうかね。代行か誰かに報告しますか？」

リズリーが言った。ルイークは判断に困る。これは異変なのか、ただの偶然なのか。異変だとしても、報告すべき事態なのか。ただ衛獣を四体倒しただけと考えれば、何事もないただの日常である。

それでも、一応報告しておいたほうが良いだろう。ルイークはリズリーに聞く。

「代行、今日来てるか？　サボってるかもしれないぜ」

「代行は、図書館に泊まってますよ、たぶん。でも気まぐれおこして帰ったかも」

「言っても面倒くさいで済まされるような気がするなあ」

そう言って、二人はため息をつく。正直に言えば、ハミュッツについてはいつ辞めてくれるのかと考えているのだ。

「マットアラストさんはどうですかね？　期待してませんけど」

「マットさんは……どうだかな。前見たのいつだ？」

「三日ぐらい前、街で見たような気がしますけど。ちらっと」

「俺は今年入ってから会ってないな。パーティー以来どっか行っちまったんじゃねえか？」

二人は頼りにならない幹部二人の顔を思い浮かべる。

「ユキゾナだな。出勤するのを待つか」

「ですよねー」

　などと話している時。最初に倒した〝騎兵〟が体を再生して起き上がっていた。二人はそれに気がつかなかった。〝騎兵〟が捻《ね》じ曲がった足を動かし、折れた槍を構えて走り出す。その時になってようやく、二人は迷宮に顔を向けた。

「！」

　扉から出る直前。とっさにリズリーが刃の衝撃波で〝騎兵〟の体を切り裂いた。

　二人は、息を呑《の》んで沈黙する。今のは、何かがおかしいというレベルではない。完全な異変だ。衛獣は、迷宮に侵入した者を攻撃するのだ。そして今、二人は第五迷宮の扉の外にいた。

「今……外に出ていたのに、襲ってきましたよ」

　リズリーが、見たままのことを言う。しかしルイークがその見たままのことを否定する。

「んなわけあるかよ。衛獣は、迷宮の侵入者しか襲わないんだよ」

　それは武装司書の常識である。常識と、今見た事実が食い違っている。人間はこういうとき、たいてい常識を信じてしまうのだ。

「でも今、現に！」

「んなわけねえだろ、そんなわけ」

　何がどう、そんなわけなのかはルイークにもわからない。リズリーの言うとおり、ルイークたちに突撃してきたのだ。

「待ってろ。ちょっと、様子を見てくるから」

そう言って、ルイークは迷宮に入り、階段を下りる。広場に倒れている〝騎兵〟に近づいていく。その時、左の通路から新たに一体〝針毛狼〟が現れた。

ルイークを横から奇襲《きしゅう》する形だ。ルイークは迎え撃つために構える。だが〝針毛狼〟は、ルイークの想定とは、全く別の行動をとった。

〝針毛狼〟はルイークの直前で、直角に右に曲がった。第六書庫に繋がる階段、その先の扉へと走った。

虚《きょ》を衝《つ》かれたルイークは動けない。迷宮の外にいたリズリーも、対応が間に合わなかった。ほんの一瞬。〝針毛狼〟がリズリーの衝撃波に蹴散《けち》らされる寸前の一瞬。

衛獣が、迷宮の外に出た。二千年の歴史の中で、記録されている中で初めて、衛獣が迷宮の外に出た。

「リズリー！　非常召集だ！」

ルイークが冷静さを取り戻した。だが、驚愕に震えるリズリーは反応できない。それはありえないことで、あってはならないことだ。

「リズリー！」

ルイークの声に反応し、電信室にリズリーが走る。ルイークの背後で、倒したはずの衛獣たちが立ち上がる。さらに数体の衛獣が、迷宮入り口にやってくる。

電信室でリズリーは、最近配備された電声機のスイッチを入れる。バントーラ図書館全体に設置されている発声機に声を送ることができる。

『非常召集！　非常召集！　館内の全武装司書と見習いは迷宮入り口に集合してください！』

背後から、リズリーの声が響く。ルイークは扉の前に立ちはだかる。

迷宮を守る衛獣と、迷宮に挑《いど》む武装司書。二千年変わることなく続いたその関係が、この時逆転した。迷宮の衛獣から、外の世界を守る武装司書という、ありえない状況。

ルイークはこの日初めて背中の大槍を抜いた。入り口の広場にいる衛獣は、もはや十を超えている。

何が起きているのか。そしてこれからどうすればいいのか。その疑問を抱えながら、彼はひたすらに槍を振るった。

「増援はいつ来る!?」

ルイークは叫ぶが、リズリーの返事はない。

しばしの時が立つ。加勢にくる者はいない。叫びに答える声もない。

そして、次の瞬間。ルイークは見た。封印迷宮の向こうから駆けてくる、テナの姿を。血に染まった片腕と、半分肉の抉《えぐ》られた顔を見た。新米ながら申し分のない戦士と言われたテナが、無様《ぶざま》に敗走してくる。

「………テナ」

ルイークが呟く。背後から、重低音の足音が聞こえてくる。こんな足音を立てる衛獣は、第五階層にはいない。第四階層の〝象兵〟ぐらいのはずだ。

「テナ！　どうした!?」

「……ぞ、〝象兵〟が、〝象兵〟と、〝鉄嚙鼠《てつごうねずみ》〟が、第五封印書庫に……」

あばらが折れているのか、血煙《ちけむり》を吐きながらテナが言う。逃げる彼女の背後から、さらに大量の衛獣が突撃してくるのがわかる。

しかも、より深い位置を守る、より強力な衛獣たちが。

「テナ！　第六書庫まで逃げろ！　迷宮の入り口も、安全じゃねえ！」

「は、はい、わかりました……」

血みどろになったテナを下がらせ、ルイークが第六書庫に繋がる階段に陣取る。槍を構え、立ち塞《ふさ》がる。

「……皆が来るまで……」

ルイークが呟く。

「……持ちこたえられるか？」


それから三十分後。

ミレポックが迷宮に向かって走っていた。リズリーの召集《しょうしゅう》を聞いてから時間がたっている。情けない話だが、久しぶりの戦闘で、ミレポックは銃と剣の置き場所を忘れてしまっていたのだ。

取るものもとりあえず駆けつけたミレポックだが、それでも遅れている。ミレポックは慌《あわ》てて、書庫の中に駆け込む。

第六書庫の入り口で、見習いに手当てを受けるテナを見つけた。

「テナ！　誰にやられたの!?」

彼女とは、一時間前に、朝の挨拶《あいさつ》を交わしたばかりだ。今日は第五封印書庫に配架《はいか》に行くと聞いていた。こんな大怪我《けが》を負う仕事ではない。

「……て、〝鉄嚙鼠〟と、〝象兵〟が、第五迷宮に……」

息も絶え絶えなテナが答える。〝鉄嚙鼠〟とは、第三封印書庫に現れる衛獣だ。武装司書の中堅でなければ太刀《たち》打《う》ちできない相手だ。ミレポックは見たこともない。

「ミレポック！　早くしろ！」

第六書庫から怒鳴り声が聞こえてくる。ミレポックは第六封印書庫に駆け下りる。

「……くそ、衛獣ども」

「油断するな、下からまだ来るぞ！」

武装司書や見習いたちの怒号《どごう》が、広い第六書庫にこだましている。

第六書庫は、巨大な円筒状の中央部と、中央部から横に伸びる無数の小部屋で構成されている。中央通路の壁面には長い螺旋《らせん》階段があり、真ん中の部分は広い吹き抜けになっている。

最下部の床の中央から、さらに下へ続く階段があり、それを降りると武装司書用の電信室と、第五封印迷宮がある。

「……なに、これ」

リズリーの緊急召集で何が起きているのかは聞いている。それでも、普段は一般司書が働いている第六書庫を、衛獣が駆け回る様子には思わず息を呑んだ。

床と、螺旋階段のそこかしこで剣や銃を振るう武装司書。吹き抜けを叩き落とされる衛獣たち。

迷宮の中にいるときは、衛獣の存在は頼もしく思えた。

だが、こうして暴れているのを見ると生理的なおぞましさすら感じる。人間ではない存在が、人間の命を脅《おびや》かしている。その光景がここまで恐ろしいものだとは。

「く！」

ミレポックのいる最上部まで〝針毛狼〟が駆け上がってくる。ミレポックはブーツの靴底で蹴《け》りつけ、細剣で切り刻んで止《とど》めを刺す。さらに尾を摑《つか》んで吹き抜けの下に放り投げる。

螺旋階段は、武装司書や見習いと衛獣でいっぱいだ。彼らの巻き添えを食らわないように、ミレポックは螺旋階段の中央を飛び降りる。そして封印迷宮に繋がる階段を駆け下りる。

「！」

迷宮に繋がる扉はすでに破壊されていた。両開きの扉の片方は後方に飛ばされ、もう片方も歪《ゆが》んでいる。その前では、二人の武装司書が最下段で衛獣の侵攻を食い止めていた。

一人はルイークだ。鋼鉄よりも硬い身体《からだ》で自《みずか》ら楯《たて》となっている。

その背後にいるのは、キャサリロと並ぶ実力者、マーファだ。火を纏《まと》った百メートルほどの鞭《むち》を操《あやつ》る。自在に動く鞭は、ルイークの体を避《よ》けて、衛獣たちを蹴散らしていく。

「何しに来たミレポ！」

マーファが叫ぶ。この状況では、戦闘力に劣るミレポックの出番はないだろう。命の危険もある。だが、それを承知《しょうち》の上で、やることがあった。

「迷宮の隔壁《かくへき》を閉めます！」

ミレポックが、身を伏せながら前に進む。頭上をマーファの鞭が掠《かす》めていく。

衛獣たちを必死に蹴散らしながら前進し、封印迷宮の扉に触れる。迷宮の中には各所に隔壁があり、武装司書の権限で閉じることができる。モッカニア反乱の時、実際に閉鎖《へいさ》されたこともある。

迷宮内、数百箇所を塞ぐ隔壁は、衛獣の力でも用意には破れないはずだ。これで、衛獣の動きをある程度封じられるはずだ。

「下がれミレポ！」

「邪魔だ！」

ルイークとマーファが叫ぶ。ミレポックは構わずに叫ぶ。

「武装司書ミレポック！　越権《えつけん》ながら要請《ようせい》します、全隔壁封鎖《ふうさ》！」

迷宮の設備を操作する時には、魔力の手ごたえがある。だが、ミレポックは何も感じない。何かが起こる気配もない。

「邪魔だって言ってるだろ！」

ルイークの槍がミレポックを襲う敵を斬《き》り飛ばす。考えてみれば当たり前のことだ。ルイークやマーファが、誰でも思いつくことを実行していないはずはない。

ミレポックはルイークたちに背中を向けて逃げる。自分の仕事はここで戦うことではない。第六書庫に戻ったミレポックに、仲間たちからの声が響く。

「ミレポ！　代行は何をしてるんだ!?」

「ユキゾナさんは？　マットアラストさんは？」

そう言われて気がついた。代行、マットアラスト、ユキゾナの三人の姿が見えない。キャサリロもいない。

「今、思考を送ります！」

ミレポックの仕事は、武装司書の繋ぎ役だ。安全圏《けん》に走りながら、思考共有を発動し、現在姿が見えない仲間たちに呼びかける。まずは、ボンボだ。メリオト公国近辺で、停戦監視活動をしてたはずだ。

（ボンボさん？　繋がっていますか？）

（見習いから連絡を受けてるね。今最高速で飛んでるからあと三時間だね）

（わかりました、できるだけ早くお願いします）

ボンボに連絡を取ったのは、確認程度の意味しかない。この状況でボンボはあまり役に立ちそうにない。ボンボの能力、鯨《くじら》を操る力を迷宮内で使ったら、バントーラ図書館が壊滅してしまう。

それよりも、残りの三人だ。ミレポックは階段を駆け上がりながら思考を繋ぐ。

（代行！）

思考は繋がった。だが、ハミュッツは思考を受け取ることはできても、送り返すことはできない。ミレポックからの一方的な連絡になる。

（緊急事態です、面倒とかどうとか、言ってる場合じゃありませんからね、すぐに来てください！）

思考は通じているはずだ。しかし、どこで何をしているのかはわからない。続いて、ユキゾナに思考を送る。

（ユキゾナさん！）

（すぐに駆けつける。あと十分待て）

あと十分、とミレポックは驚く。自分も遅刻してきたが、それよりもなお遅いとはどういうことか。

（………緊急召集から何分たってると思うんですか⁉）

（時間を無駄にしているわけではない）

（どうなっているんですか⁉）

（………言えない、訊《き》くな）

ミレポックは歯噛《はが》みする。武装司書四強と言われる人たちが、こんな事態に駆けつけていないなんて。ボンボはともかく、残りの三人はいったい何をしているのか。

（マットアラストさん！　今どこに⁉　緊急召集ですよ）

マットアラストに思考を繋ぐ。彼の姿は、しばらく見えなかった。館下街でのんびりしているのだろうか。最悪の場合、シネマの都フルベックあたりで遊び呆《ほう》けているかもしれない。もしそうだったら、怒鳴りつけてやろうと思う。

しかし、マットアラストは遊んではいなかった。

（………、………）

今まで、感じたことのない感触だった。人間ではなく、石像か何かに思考を繋いだような気がした。心の中が、砂のように茫漠《ぼうばく》としている。

（……ミ、レポか？）

しばらくして、やっと思考が送り返されてきた。これは、どんな事態なのだろう。

思考が弱々しい。寝起きというわけでもない。麻薬で意識がおかしくなっているのとも違う。思考能力というよりも、魂《たましい》自体が弱まっているようだ。

こんな事態は、思考共有を会得《えとく》して以来初めてのことだった。死にかけた人間の思考は、このようなものだろうか。

（……マットアラストさん？　どうしたんですか）

頭を押さえて、思わず立ち止まる。油断したミレポックの背中に〝騎兵〟の槍が迫る。

「危ねえ！」

カルネがミレポックを突き飛ばす。ミレポックは階段を転がって、顔をしかめながら立ち上がる。

（……ミレポ？　何が起きてる？　上では……戦ってるのか？）

（どうしたんですか!?　マットアラストさん！　今どこに!?）

（ミレポ……すまない………）

思考が途切れた。マットアラストが死んだ感触はない。だが、ただならない事態に陥《おちい》ったことだけはわかる。

「ミレポ！　どうなってる!?」

「代行は、代行は何をしてるんだ!?」

仲間たちが、叫ぶ。

「これはいったい、どういうことなんだ!?」

「みなさん、ユキゾナさんからの指示を伝えます！　心配は要《い》らないから、しばらく持ちこたえろとのことです。代行もマットアラストさんも、もうすぐ駆けつけます。事情は今は話す暇《ひま》がありません！　とにかく心配するなとのことです！」

武装司書たちに安堵《あんど》の表情が広がる。嘘《うそ》はばれなかっただろうか。ミレポックのへたくそな嘘を、見破る余裕もないのか。

次の瞬間、助けの手はやってきた。救世主と言うには不足だが、実に頼もしい存在が来た。

「待たせたよ！」

第六書庫の最上部から、跳《は》ね回るボールのように飛び込んでくる人影。

小柄な女性の姿と、空中に浮いた十二丁の銃。さっき思考を送った四強に次ぐ実力者、キャサリロ＝トトナである。

「遅いですよ！」

ミレポックが上に目を向けながら叫ぶ。

「あたしは戦闘準備に時間がかかんだよ！」

そう言いながらキャサリロは、第六書庫の最上部に陣取る。

彼女の能力は、精密かつ強力な念動力で、十二丁の銃を操ることだ。

十二丁の銃が第六書庫に散開する。吹き抜けの中を飛び回りながら、片端《かたはし》から衛獣の体を撃ち抜いていく。彼女の能力は、敵味方入り乱れた乱戦にめっぽう強い。十二丁の銃は、並みの武装司書十二人分、いや、二十人分の戦力となる。

劣勢だった武装司書たちが俄然《がぜん》優位に立った。第六書庫の衛獣たちは、次々と無力化されていく。武装司書たちに余裕が出てくる。ある者はルイークたちの応援に駆けつける。またある者は倒れた衛獣たちを拘束《こうそく》し、復活できないようにしていく。

「いったい、どういうことなんですか？　キャサリロさん」

ミレポックが、螺旋階段の上に立つキャサリロに話しかける。

「うるさいな、集中力が途切れるよ。それに、あたしだってわかんないよ」

「ですが……」

キャサリロは、ミレポックよりは中核に近い立場のはずだ。その彼女でもわからないのか。

「何か聞いていないんですか？　代行やマットアラストさんに」

「知らないよ。あたしは一級武装司書の資格はないし。肝心《かんじん》なことは何にも教えちゃくれねえのよ。あんたもサボってないで戦って！」

「はい！」

ミレポックは久しぶりに銃を抜き、下の衛獣たちを撃っていく。

十分は過ぎたはずだが、ユキゾナはまだ来ない。代行も、マットアラストもどこにいるのかわからない。


それから、しばらく戦い続けた。衛獣たちはしぶとい。武装司書たちは優位に立ってはいるが、第六封印迷宮から全ての衛獣を排除するには至らない。

ミレポックも思考共有をやめ、戦い続けている。ふいに、妙なことを言われた。

「ミレポ、何か言った!?」

キャサリロが叫んだ。ミレポックは顔を上げて答える。

「何も言ってません！」

キャサリロは、不思議そうな顔をして、首をかしげる。

「何を言ってるんだミレポ！」

吹き抜けの下のほうから、声がかけられる。ツァムロがミレポックに叫んでいる。

「私は何も言ってません、みなさん何を言ってるんですか!?」

ツァムロと、そのほか何人もの武装司書や見習いが、首をかしげる。

「じゃあ誰だよ、喋《しゃべ》ってるのは誰だ!?」

「俺じゃねえ！」

「僕でもありませんよ！」

ミレポックの足元で、武装司書たちがもめている。どうやら、誰かの声が聞こえるらしい。

それをミレポックの思考共有と勘違《かんちが》いしているようだ。

ミレポックには何も聞こえない。何かの声を聞いているのは、武装司書の三分の一ほどのようだ。

「ちくしょう、何なのよ!?」

キャサリロが叫んだ。ミレポックも同じ気持ちだ。

状況が何もわからない。なぜ戦いが起きているのか、全く理解できない。一年前の、蒼淵呪《そうえんじゅ》病《びょう》の大乱と同じだ。いや、あの時は敵は神溺教団とはっきりしていた。今はそれ以上になにもわからない。

武装司書の誰もが、怒鳴りたい気持ちを抑えながら戦っている。

みなの心は一つ。

今、いったいバントーラ図書館で何が起きているのか。

疑問を口に出す前に戦わなければならない。その中で、ふと小さな声が上がった。

「………あ」

キャサリロである。彼女の操る、十二丁の銃が止まった。

「どうしたんですか、キャサリロさん」

「あたし、これ、知ってる」

そのころ、ハミュッツは一人、館長代行執務室のデスクに座っていた。目の前には、机に刻まれたメッセージがある。

「……………」

指を組み、その上にあごを乗せて逡巡《しゅんじゅん》している。長く、考え続けていた。

「考えても、しょうがないわねえ。こうなっちゃった以上、どうにもならないわ」

そう言って、椅子の背もたれにどかりと体を預けた。

「まあ、いつかは来る日だわ。たまたま、今日だってだけの話よね」

彼女は触覚糸でバントーラ図書館の様子を眺《なが》めている。第六書庫の戦いも、図書館を走るユキゾナたちの姿も見ている。それにも拘《かか》わらず、何もせず、ただ座っていた。

「みんな、がんばるわねえ」

そう言いながら、第六書庫の戦いを触覚糸で観察する。

「みんな、可哀相《かわいそう》に。がんばっても、何にもならないのにね」

ハミュッツは、そう言って、くく、と喉《のど》を鳴らした。

「説明してあげないとねえ、みんなに。何が起きてるか、これからどうするか」

そう言ってハミュッツは机の下から、真新しい機械を取り出した。

キャサリロの操る、十二丁の拳銃が空中で止まって落ちた。何事かと、武装司書の全員が驚いた。

「どうしたんですか、キャサリロさん！」

ミレポックが叫んで駆け寄った。キャサリロが、中空を見つめたまま止まっていた。口が半分開き、ぼうっと何かを考えている。

「あたし、知ってる、これ知ってる」

「何をですか⁉」

「……………知ってる」

キャサリロが呆然《ぼうぜん》と呟く。

「おい、ぼさっとするなキャサリロ！」

「ミレポ！　どうなってるんだ⁉」

階下から、武装司書たちの怒りの声が上がる。現状、キャサリロが戦いの中核だ。彼女がぼんやりしていたら、衛獣たちに突破されてしまう。

ミレポックはキャサリロを揺さぶり、目の前で指をちらちらと振る。反応しない。その時、急にキャサリロが、金切《かなき》り声で叫んだ。

「みんな！　逃げて！」

武装司書たちの手が思わず止まる。動転のあまり声が割れて、聞き取れなかった者もいる。何を言っているのかわからない。

「馬鹿《ばか》言わないでください、私たちが逃げてどうするんですか！」

「逃げて、みんな、早く、逃げて！」

キャサリロは頭を抱えて青ざめる。こんなキャサリロの表情を見たことはない。普段は快活で無節操《むせっそう》な奇人、戦場にあっては冷静で勇敢《ゆうかん》な戦士。

今の、猛犬に怯《おび》える子供のような顔など決して見せない人間のはずだ。

「逃げて、大変なことになる、大変だからみんな逃げて！」

「落ち着いてください！」

摑《つか》みかかろうとしたミレポックが、突き飛ばされた。そしてキャサリロは背中を見せて、金切り声を上げながら書庫の外に走っていく。

ミレポックには信じられない。あのキャサリロが逃げるとは。いや、誇り高い武装司書が、敵を前にして逃げるとは。

「キャサリロ！」

武装司書たちが動転の叫びを上げる。この状況でキャサリロに抜けられたら、戦況は一気に逆転してしまう。

ミレポックが追いかけようとする。だが背後から制止の声がかかる。

「追うな、来るぞ！」

第六封印書庫にさらなる衛獣が襲来《しゅうらい》する。キャサリロを欠いたことで、迎撃《げいげき》態勢が崩《くず》れ、武装司書たちは一気に劣勢に押し込まれる。

「くそ、一匹逃したぞ、ミレポ！」

〝刃髪獅子《じんはつしし》〟が書庫の入り口を守るミレポックに襲いかかってくる。キャサリロを欠いた今、ミレポックが最後の牙城《がじょう》になってしまった。

「ちぃ！」

拳銃で必死に応戦する。しかし、彼女の戦闘能力では足止めが精一杯《せいいっぱい》だ。

武装司書たちの守りが、突破されていく。これ以上は防げない。

だめか。ミレポックがそう思った瞬間。

黒い人影と、白い人影が、第六書庫の扉から入ってきた。入り口の階段を蹴り、床まで一気に飛び降りた。

「全員跳《と》べ！」

黒い人影が叫んだ。その声と同時に、武装司書たちが一斉に跳躍《ちょうやく》した。跳躍が遅れれば、自分も巻き込まれかねない。響いた声から、その危険性を感じたからだ。

着地と同時に、黒い人影から黒い波が放たれた。武装司書の誰一人知らないわけがない。目にしたことがない者も、その形と脅威《きょうい》は耳にしている。

次代の館長代行ユキゾナの能力、腐壊《ふかい》波動である。

腐壊波動が床と階段をすべり、衛獣たちを呑み込んでいく。おおよそこの世の、あらゆる生命、あらゆる現象を無差別に破壊する力である。

衛獣たちも無論、ひとたまりもない。腐壊波動の一撃で、黒く脆《もろ》い灰の塊《かたまり》のようなものに変わった。

第六書庫の最下部で、ユキゾナが叫ぶ。全員が攻撃の手を止めて、命令に聞き入る。

「武装司書は残存敵戦力を殲滅《せんめつ》しろ。ミレポック、リズリーは負傷者の救助と現存する戦力の確認。見習いは書庫内に非戦闘員が残されていないか捜索し、避難させろ。急げ！」

「了解！」

烏合《うごう》の衆同然だった武装司書たちが、ユキゾナの登場と同時に統率《とうそつ》を取り戻す。いままでとは打って変わった的確な戦いぶりを見せる。数分のうちに衛獣たちは無力化されていく。

いままでどこで何をしていたのか。この事態はどういうことか。当然の質問だが、口に出す者はいない。無用の質問を許さない、ユキゾナの冷徹な指揮であった。

「ルイーク、マーファ、第六書庫まで撤退しろ！」

第六書庫の衛獣を殲滅したことを確認すると、ユキゾナは封印迷宮の入り口に向かって叫んだ。

「俺らが退《ひ》いたら、衛獣が出てきちまうぜ！」

「かまわない、撤退しろ！」

ルイークとマーファが、扉の守りを捨てて第六書庫に上がってくる。背後から襲ってくる衛獣は、ユキゾナが腐壊波動で蹴散らした。最前線を引き受けていたルイークたちの体は、無残に血にまみれている。ミレポックとリズリーが、すぐさま応急処置にとりかかる。

迫ってくる衛獣がいないことをユキゾナは確認する。そして傍《かたわ》らの妹ユーリに話しかける。

「結界《けっかい》を張るぞ。ユーリ」

「はい、わかりました」

そう言って、ユーリが手に持っていたものを高く掲げる。

「あれは……」

ミレポックが声を上げた。追憶《ついおく》の戦器の一つ、自転人形ユックユックである。

バントーラ図書館には二つ、ユックユックが保管されていることを、ミレポックは知っている。どちらにも、バントーラ図書館を守るための力が込められているという。そのうちの片方は、先の蒼淵呪病の大乱でミレポック自身が使用した。

もう片方については、使用の許可は下りなかった。何の力が込められているのかも聞いていない。

「自転人形ユックユック、発動。剛紗《ごうしゃ》結界を展開します」

自転人形が踊り始めた。それと同時に、朧《おぼろ》の糸で織られた布のような結界が、第六書庫の入り口に張り巡《めぐ》らされた。結界が張られる前に外に出ようとした衛獣が、結界に阻《はば》まれて止まった。

おそらくかつてバントーラ図書館を守った結界と互角《ごかく》か、それ以上の防御《ぼうぎょ》力を持つ結界だろう。

「……迷宮の出入りを、封じたのですか？」

ミレポックが尋《たず》ねる。

「結界が阻むのは衛獣だけだ。人間の出入りは可能だ。そういう結界を張った」

結界の向こうで、衛獣がユキゾナを睨《にら》んでいる。〝火食烏《ひくいがらす》〟が火を吐きかけ、〝象兵〟が巨体を撃ちつけるが、結界はびくともしない。

「もう安心よ。しばらくの間は、破れないわ」

ユーリが、優しくミレポックに言った。使い終わった自転人形をミレポックに渡してきた。

「どうして、こんな結界があるの……」

渡された自転人形を見つめながら、ミレポックは小さな声で呟く。

この事態のために、準備をしておいたということなのだろう。自転人形に魔法権利を込めたのは、少なくとも千年以上前のことだ。千年も前からこんな事態が起きる可能性を考慮していたということだ。

しかし、ミレポックたち下級の武装司書は、衛獣が暴れだす可能性があるなど、聞いたことも考えたこともなかった。もしも万に一つでも、その可能性があるなら、なぜあらかじめ伝えておかなかったのだろうか。

「……………よくわからねえが、これで一安心ってことか？」

ルイークが聞く。消毒のアルコールと止血剤《しけつ》を、まとめて体中に吹きつけられている。

「結界も無敵ではない。いずれは破られる。態勢を立て直したら、結界に群がる衛獣を攻撃しろ。指揮は………」

ユキゾナは書庫の中を見渡して、適当な人材を探している。

「……ガモ、お前に一任する」

任命を受けたガモが動転する。かなりのベテランで、判断力も高いガモだが、ユキゾナを差し置いて指揮を執《と》る器《うつわ》ではない。

「ちょっと待ってくれ。ユキゾナはどうするんだ？　いや、それより代行は？」

「俺とユーリは、迷宮内に突入する。判断に迷ったらミレポックを通じて連絡をしろ」

「待てよ、それより代行は？　マットさんはどうしている？」

ガモが食い下がる。

「……指示はそれだけだ。あとのことは考えなくて良い」

「そうじゃねえ、この状況、何か説明はないのか！　俺たちはいったい、これからどうなるんだ!?」

「不必要な質問をするな」

「不必要じゃないだろう！」

「……」

ガモの怒声《どせい》に、ユキゾナが黙った。ミレポックやルイーク、リズリーたち、第六書庫にいる全員がガモと同じ気持ちだ。

命令には従う。しかし、武装司書とて機械ではない。何が起きているのか、これからどうなるのか、知りたいと思うのは当然だ。知らせるのは、指揮官の義務だ。

「行くぞユーリ」

「……はい、お兄さま」

しかしユキゾナは、武装司書たちに背中を向けた。仲間たちの気持ちを無視したのか、無視せざるを得なかったのか。どちらとも取れないユキゾナの表情だった。

ユキゾナが、結界に群がる衛獣に腐壊波動をぶつける。結界をすり抜けて、迷宮の中に兄妹は突入していく。

「………なんなんだ、いったい、やってられるか！」

ルイークが、拳で床を打つ。

「代行やマットさんはどこにいるんでしょうか？　まさか、キャサリロさんと同じように……」

リズリーが、不安そうな顔で言う。

「そもそも、キャサリロは何してやがるんだよ」

カルネが怒りをこめて言う。あちこちで、武装司書や見習いが、不満の声を上げている。

ユキゾナを欠いた武装司書たちが、また烏合の衆に戻ってしまった。指揮を執るはずのガモも、怒りを込めた目をユキゾナの後ろ姿に向けている。

「ばらばらだわ」

ミレポックが呟いた。一年前、この仲間たちはバントーラ図書館を守るために、文字通り一《いち》丸《がん》となって死力を尽くしたはずだ。恐れる者も、迷う者も一人としていなかった。

それが今はどうだ。一般の武装司書たちは浮き足立ち、指揮する立場の人間が務めを果たさない。敵前逃亡者まで現れた。

武装司書が、バントーラ図書館が崩壊《ほうかい》していく。外部から破壊されるのではない。自ら瓦解《がかい》していくかのようだ。

「……ありえない」

バントーラ図書館が終わるなど。こんなわけのわからない事態で、二千年の歴史が終わるなどありえない。武装司書は『本』と平和の守護者にして、最強の戦闘集団。

この衛獣たちを倒し、事態を収拾すれば、また元に戻るはずだ。

「ガモさん、指揮をお願いします」

ミレポックの言葉に、ガモが冷静さを取り戻す。ミレポックに向き直り、報告を求める。

「リズリー、ミレポック、負傷者の現状は？」

「死者は、見習い、一般司書含めていません。戦闘不能の重傷者はテナ一人、軽傷者は全兵力のほぼ半分ですが、全員、戦闘に支障はありません」

「十分、戦える数字だな」

ガモとミレポックは、頷《うなず》きあう。

そうだ。一年前の戦いに比べればものの数ではない。

戦える、そして勝てる。ミレポックは、そう信じる。

キャサリロの逃亡。マットアラストの異変、そして何よりも、衛獣の暴走というありえない事態。迫り来る不安を圧《お》し殺して、ミレポックはまた動き始める。

キャサリロはその頃、バントーラ図書館内の公園にいる自分を発見した。無我夢中で逃げ続けて、どこをどう走ったのかこんなところにいた。

周囲には誰もいない。一般司書たちは図書館の外に逃げている。利用客も全員退去している。

「な、なにやってるのさ、あたし」

せいぜい一キロも走っていないだろうに、ぜえぜえと息が上がっている。キャサリロは、芝《しば》生《ふ》の上にへたり込んだ。

愛用の銃すら捨ててしまった。不安と心細さが、急に襲ってくる。

「……………も、戻らなきゃ」

キャサリロはそう呟く。しかし、足は動いてくれない。疲れではなく、心の中から襲ってくる恐怖が足を止めている。

「なんであたし、逃げたんだろ。わけわかんない。どうなってるの？」

頭の中を整理しようとする。さっきまで戦っていた第六書庫。そして暴走する衛獣たち。それを思った瞬間、なぜか頭の中に別の記憶が浮かぶ。

なんの関係があるのか、友人のオリビアの顔が浮かぶ。気のおけない友人の顔に、なぜか罪悪感を覚える。

続いて浮かぶのは、マットアラストの顔だ。そして彼の口から語られた、恐ろしい何か。何かを話されたような気がするが、思い出せない。

その恐怖が頭の中で、あの衛獣たちの暴走に繋がっていく。

知っているはずが思い出せない。知らないのに覚えている。

「記憶が消えてる?」

キャサリロは呟く。誰かが自分にアーガックスを使ったのか? それとも、自分で使ったのか?

「思い出した……」

ほんの二週間前。楽しいパーティーの二日前。自分はアーガックスを持っていた。あの時、自分は記憶を消したのだ。マットアラストに聞かされた、恐ろしい何かから逃げるために。

「何かが、何かが来る……」

それは衛獣の暴走か。違う。もっとその先だ。衛獣の暴走に始まる、真の恐怖。

「これから……始まるんだ」

キャサリロは、こみ上げる恐怖に嘔吐《おうと》した。胃の中のものを全て吐き出しても、恐怖は消えはしない。

「これから……始まるんだ」

ガモが仲間たちを前に、命令を下す。

「第五封印迷宮入り口は全員で戦える広さではない。部隊を三つに分け、十分おきに三交代で突撃と撤退を繰り返す。最初の一隊はマーファ、第二隊はカルネ、第三隊はルイークを中心に戦力を均等《きんとう》に配分した。俺とミレポックは後方支援と指揮を執る」

「了解！」

全員が一斉に答える。動揺や不安は、心の中に押し込み、戦うことだけを考えている。世界最強の戦闘集団である。戦いを前に集中力を欠くことはない。

「ここにいない味方のことは考えるな。自分の任務だけに集中しろ！」

「はい！」

「安心しろ。ユキゾナがいる。代行もマットアラストも動いているはずだ。あの人たちが、必ず何とかしてくれる。説明が欲しいのは俺も同じだが、今は話せない事情があるのだろう。ユキゾナや代行を信じろ。いいな」

武装司書たちが頷く。不安な状況とはいえ、彼らへの信頼は決して損《そこ》なわれたわけではない。

「行く……」

しかし、ガモが突撃命令を下そうとした瞬間、手を止めた。

ガモも、戦闘に備える武装司書たちも、背後の異変に気がついたからだ。何者かの声が聞こえるのを、はっきり聞いたからだ。

背後にはユキゾナの姿はない。そこにいるのは、結界に阻まれている衛獣しかない。口を利《き》かないはずの、鳴き声すら出さないはずの衛獣しかいない。

「衛獣が……喋った？」

ミレポックは思い出す。ユキゾナが来る前に、何人かが謎の声を聞いていた。あれは衛獣の声だったのか。

いや、待て。そもそも衛獣は喋れるのか。その前に意思を持っているのか。機械と同じ、意思のない戦闘魔獣ではなかったのか。

だが、衛獣の声がたしかに聞こえる。ここにいる全員がはっきりと聞いている。

それは、声でありながら声ではない。音でありながら音ではない。思考共有が脳に繋がるとも、『本』を読んだ時、認識が頭に流れ込むのとも違う。手段を必要としない伝達。伝達を伴わない理解。例《たと》えようもなく、言語で表しようもなかった。それは、人の理解を超えた声だった。

(抗《あらが》うな)

(屈せよ)

(諦《あきら》めよ)

衛獣たちが語りかけてくる。

(望まず、欲せず、求めず、定められた結末に従うのだ)

「なんだ、何を言っている？」

ガモが頭を押さえる。ミレポックも思わず、耳を塞《ふさ》ぐ。しかし衛獣の声は変わりなく聞こえてくる。

（この結界を消せ。我らを迷宮から解放するのだ！）

衛獣の声が響き渡る。頭が割れそうだ。おかしくなる。

この声を聞いているうちに、衛獣に説得されてしまいそうになる。戦うのをやめたくなってしまう。

「……………撃て！」

ガモが叫んだ。武装司書の中で、銃を使う者たちの一斉《いっせい》射撃が衛獣たちを蹴散らした。しかし、迷宮から湧《わ》き出てくる敵の、百分の一も殺すには至らない。

「耳を貸すな、戦え、戦うんだ！　マーファ隊、突撃しろ！」

武装司書の一隊が、衛獣に向けて攻撃を開始する。蹴散らされた衛獣が、喋るのをやめる。

「あれはなに？」

ミレポックが思わず呟く。

「知るか！　戦え！　戦うんだ！」

ガモが叫ぶ。

衛獣とは、過去管理者バントーラが、『本』を守るために生み出した魔物。武装司書とともに、図書館を守る守護者。そう伝えられてきた。

しかしミレポックは確信する。それは、違う。これは、そんな生易《なまやさ》しいものではない。始めからこれらは、『本』の守護者でも武装司書の味方でもなかった。

これは何だ？　わたしたちが衛獣と呼んでいたものは、何だったのだ？

同じころ、ハミュッツ＝メセタはまだ執務室に留まっていた。机の上に置いた機械を、いじくり回していた。

「あー。あーあー」

機械に向けて声を発する。

「……………通じてないわね、故障しているのかなあ」

二時間ほど前にもリズリーが、武装司書を呼び集めるために使用した電声機である。館長代行執務室にも配備されている。

「あ、この電線つながないといけないのか」

ハミュッツがようやく、故障ではないと理解した。初めて使う機械で、慣れていなかったのだ。外れていた線をつなぎなおし、ようやく館内に声が伝わる。

「あーみなさん、通じてますか。館長代行のハミュッツです。お仕事の手を止めて聞いてくださーい。書庫で戦ってるみなさんも、結界から離れて良いですよ」

この時、ハミュッツは触覚糸で館内の様子をほぼ全て把握《はあく》している。聞く者たちの表情までも、手に取るようにわかっている。第六書庫で、武装司書たちが目を丸くしているのもわかっている。

「さて、なにから話しましょうかねえ。だいぶ込み入った話になるんですね。どこから話せば良いものか」

触覚糸を通じて、声が聞こえてきた。

「代行、無事だったのか？」

ルイークの声だ。この状況で自分の心配をしていたとは、なかなか可愛い男である。

「ルイーク君、わたしは無事ですよ。執務室にいます。心配は要りませんねえ」

書庫内の武装司書がざわめいている。

「とりあえず、書庫内のみんなに状況を伝えましょうか。ええと、今君たちが戦っているのは、『終章の獣《けもの》』という存在です。

遙《はる》か昔、楽園時代の終わり。未来管理者オルントーラによって生み出された殲滅兵器です」

オルントーラ？　殲滅兵器？　口々にざわめく声が伝わってくる。

「それをずっと衛獣という名前で呼んでましたね。過去管理者バントーラが生み出した、迷宮の守護者と伝えていました。

ですが、それは嘘です。嘘っぱちです」

嘘とはどういうことだ。代行は何を言ってるんだ。そんな声が伝わってくる。

「皆さんには、深く謝らなければならないことがあります。わたしと、歴代の館長代行はあなたたちに嘘をついていました。

大変に、大変にたくさんの嘘です。それこそ、皆さんの知識の全てが嘘といっていいぐらいね」

やがて、ざわめきがやんでいく。ハミュッツの声を、一言も聞き漏らさないようにと。

全員が静かになるのを待ってから、ハミュッツが喋りはじめる。言い漏らしのないようはっきりと。

「さて、まずは重大な発表をしましょう。

本日を持ちましてバントーラ図書館は閉館します。

わたしを含めた全武装司書と、見習い、研修生、一般司書、鉱山労働員は全員解雇《かいこ》。『本』の管理に関する全ての業務は停止することになります」

は？　と、間抜《まぬ》けな声が上がるのが触覚糸で伝わってくる。

「決定したのは、わたしではありません。わたしは館長の代行ですから、そんな権限ありませんねえ。

こんな決定ができるのは、この図書館の最高責任者、館長だけです。

わがバントーラ図書館館長、ルルタ＝クーザンクーナが本日を持ちまして、図書館の閉館を決定しました」

ガモが、呟くのが聞こえる。

「………誰だ？　それ？　ルルタ？」

「ルルタ＝クーザンクーナ。この図書館の二代目の館長です。創立者の過去神バントーラを蹴《け》落《お》とし、バントーラ図書館館長になった人物です」

「何を言ってるんだ？　代行は」

ルイークが呟いた。

そこで、ハミュッツは間《ま》を置いた。この放送を聴く全ての人間に、現状を把握させるために。

「ええと、理解してない人多いみたいねえ。じゃあ、もう一度、言うわよう。本日を持ってバントーラ図書館は閉館します。皆さんの仕事は、今日でおしまいです。

みなさん、長らくのお勤め、本当にお疲れさまでした」

呆然《ぼうぜん》と口を開けている、武装司書たちの顔が伝わってくる。それがおかしくて、ハミュッツは電声機から顔を離し、口元を押さえた。

「念のため、もう一度、言いましょう。

バントーラ図書館は、武装司書は、今日で終わりです」

第三章　誇り高き奴隷の使命

ハミュッツの言葉は、第五迷宮を走るユキゾナとユーリには届いていない。兄妹は、全身に傷を負いながら、迷宮の道を突き進んでいた。

普段ならユキゾナたちにとって、封印《ふういん》迷宮第五階層など、ジョギングコースを走るように進める場所だ。この辺《あた》りの衛獣《えいじゅう》は、腐壊《ふかい》波動の前では障害物にもならない。

だが、今だけは別だ。第二階層や第三階層の、強力な衛獣たちが兄妹の行く手を阻《はば》んでいる。

「ひるむなユーリ！　走れ」

「はい、お兄さま！」

立ち塞《ふさ》がるのは、第二階層を守る最強レベルの衛獣。五つの首を持つ〝獄王蛇《ごくおうへび》〟と呼ばれる巨大蛇だ。ユキゾナは吐かれる酸の息を腐壊波動で迎撃《げいげき》する。背後ではユーリが、兄から譲渡《じょうと》された力で身を守っている。

五つの首が持ち上がり、四方から、同時に攻撃を仕掛ける。ユキゾナは波動を帯状《おび》に放出し防御《ぼうぎょ》する。

好機は、〝獄王蛇〟の攻撃を防いだ後だ。ユキゾナはまっすぐ正面に、腐壊波動を放つ。

「突破する！　遅れるな！」

「はい！」

後ろのユーリに叫び、同時に真正面に走り出す。腐壊波動は、くねる蛇の体の一部を壊死《えし》させた。壊死した部分は、脆《もろ》い灰の塊《かたまり》になる。ユキゾナはそこに体ごとぶつかっていく。灰の塊を貫いて、ユキゾナとユーリは敵の体内を駆け抜けた。

敵の体を貫き、通路を作って突破する。無茶を承知《しょうち》の上で、二人は敢行《かんこう》した。

「う！」

〝獄王蛇〟が背後から、ユーリに酸を吐きかける。ユキゾナが振り向く。わずかに防御が間に合わなかった。

「止まるな！　走れ！」

「はい！」

追ってくる〝獄王蛇〟から二人は懸命に逃げる。倒す必要はない。いちいち倒していたら、迷宮の半分も行かずに力尽きるだろう。今の目的は、ただ前に進むこと。そして最下層までたどり着くことだ。

続いて立ち塞がったのは第三階層の衛獣〝槍士《そうし》〟だ。ミンスやノロティのレベルでは一対一でも勝てない相手だ。

腐壊波動は使わず、ユキゾナは体術で槍《やり》の攻撃をかわす。横に回り込んだユーリが、蹴《け》りを入れて跳《は》ね飛ばす。

倒れた隙《すき》に、二人は走り過ぎていく。

その後数分、敵との接触はなかった。

「思ったとおりだ」

ユキゾナが言う。

「衛獣……いや、終章の獣はほぼ全《すべ》てが第五階層に集まっている。第四に入れば、あとは楽に進めるはずだ」

「はい」

「急ぐぞ。なんとしてでも、事を収めねばならない」

「………はい」

ユキゾナは、ひたすらに走る。その背後で珍《めずら》しくユーリが口ごもった。

ユーリは迷宮入り口で戦う仲間たちのことを考えていた。理由もわからず、状況も理解できず、彼らは今も戦っているはずだ。

ユキゾナは説明を求められたとき、何も言わなかった。命令に従え、とそれだけしか言わなかった。リーダーとして、とるべき態度ではない。

理由はユーリにもわかる。

事情を説明するためには、今まで隠し通してきた秘密までも明かさねばならなくなる。バントーラ図書館の、本当の歴史。そして、第二封印書庫に眠る天国の存在。

それを隠し通すことが、ユキゾナやユーリの使命だ。

しかし、この状況において、まだその使命にこだわるのか。

もはや隠し通すことなど不可能ではないのか。

秘密が漏《も》れることよりも、もっと恐ろしい事態を目《ま》の当たりにしているのに、まだ隠さねばならないのか。

「……お兄さま」

その疑問を口に出すことはできない。ユーリはユキゾナに歯向《はむ》かうことなど考えたこともない。

「お兄さま」

「………どうした、ユーリ」

立ち止まって、ユキゾナが振り向く。

「いいえ、なんでもありません。急ぎましょう」

ユーリは立ち止まらず、走り続ける。ユキゾナはすぐにユーリを追い抜く。

痛ましいと、ユーリは思った。

この兄は、いまだに秘密を守り、図書館の秩序《ちつじょ》を維持《いじ》することを考えている。昨日と同じ、図書館を保とうとしている。

そんなことは不可能なのに。もしも、この危機を乗り越えたとしても、仲間たちに秘密を隠しておけるわけがない。

おそらく、元の図書館を存続できると思っているのは、兄一人だけだろう。バントーラ図書館と武装司書は、間違いなく今日崩壊《ほうかい》したのだ。

そのことを兄だけが認めていない。ユーリは、兄の背中を悲しげに見つめていた。


ユキゾナの予想通り、第四階層には衛獣はほとんどいなかった。少数残っていることは足音でわかるが、一度も遭遇《そうぐう》していない。

「これで、楽になったな」

背後のユーリに言う。

「はい、お兄さま。それより、体は無事ですか?」

「問題はない」

そうは言ったものの、体力を消耗《しょうもう》しているのも事実だ。戦闘ではなく、むしろ寒さが原因だった。彼は生まれつき、寒さに極《きわ》めて弱い。胸の病《やまい》のせいだ。

走りながら、ユキゾナは、小さく咳《せ》き込んだ。地下の冷たい空気は、ユキゾナの肺には毒になる。だから彼は、通常の配架《はいか》や貸し出し作業に加わることは決してなかった。迷宮に立ち入ったのは、一級武装司書への昇格試験以来のことだった。

常日頃《つねひごろ》ならば、ユーリが血相《けっそう》を変えるところだ。ユキゾナはちらりと後ろを振り向き、心配いらないと目で合図した。動けなくなるような発作につながる咳《せき》ではない。

「…………」

走りながら、ふと、ユキゾナは昔のことを思い出した。

心の中に残っている最初の記憶である。ユーリが生まれる前のことだ。

母と、実家で雇《やと》っていた小間使《こまづか》いの娘が、二つ年下の、手を叩《たた》いてユキゾナを囃《はや》していた。はいはいがずいぶん上手《うま》くなったユキゾナは、机の縁《へり》に摑《つか》まって立ち上がろうとした。

その時、幼《おさな》いユキゾナは激しく咳き込んで倒れた。母と小間使いが、悲鳴を上げた。口から出てきたどす黒いものが、何かもわからずにユキゾナは泣き出した。

それが最初の記憶である。

ユキゾナは、記憶にある人生の全てを、胸の病とともに過ごしてきたのだ。

胸の病は生まれつきの奇病だった。遺伝も伝染もしないが、治療する方法は魔術にも医学にも存在していなかった。魔術に才能のある者でも、治療の魔術を習得するのはきわめて難しいと医者は言った。

胸を暖めておくことと、安静を保つ以外に対処法はなかった。ユキゾナは少年時代の大半をベッドの上で暮らした。残りの時間は、暖かい日に庭を散歩したり、家の図書室で本を読んだりした。

家庭は裕福だった。父も母も優しく、家の使用人たちもユキゾナをいたわり、可愛《かわい》がった。生活には何一つ不自由はない。同じ病気を患《わずら》う者は多くはないが、間違いなくユキゾナは最も恵まれた病人だっただろう。

しかし、と言うべきか。それ故《ゆえ》にと言うべきか。

成長するに従い、ユキゾナの心には、暗い怒りが燃えはじめた。

十歳を越えたら、大抵《たいてい》の少年は人生のあり方を自分に問いはじめるものだ。

もしもこのまま、なだらかにおだやかに時を過ごし、いずれ迎える死を待つ。もしもそれだけで、人生が終わるとしたら。

俺はいったい、何のために生まれてきたのだろう。死ぬのを待つためだけに生まれてきたのなら、生まれてこないのも同じではないか。

それは大変に贅沢《ぜいたく》な悩みだ。だが悩みの只中《ただなか》にいる者に、悩みの贅沢さなどわかるはずもない。

その悩みをどこかにぶつけることはできなかった。彼を取り巻く人間は優しすぎ、日々は平《へい》穏《おん》すぎた。


「どうしました、お兄さま」

病弱な少年から、最強クラスの武装司書に成長したユキゾナに、ユーリが問いかける。

「なんでもない」

なぜ、急に昔のことを思い出しているのかと、ユキゾナは自問した。聞いた話では、人は死ぬ前に自分の全人生を思い出すという。

それなのだろうか。

たしかに今、ユキゾナの前には恐るべき危機が待っている。死に向けて、兄妹は疾走《しっそう》している。

「……………」

頭の中に、さらなる過去の情景が浮かぶ。


少年だった日々のこと。

ユキゾナの心を一番かき乱したのは、妹のユーリだった。嫌っていたわけではない。妹を可愛いと思っている。最愛の人といっていい。だからこそ、妹の存在が疎《うと》ましかった。

子供の頃からユーリは、使用人たちから強引に、ユキゾナの看病の仕事を奪い取っていた。

幼い頃は、使用人にくっついているだけだった。長ずるにつれてユーリは看病のコツを摑んでいき、ユーリが十歳を過ぎる頃には大抵の仕事はユーリの持分になった。

兄を慕《した》っての行動でもあるが、それだけではないだろう。彼女は兄の看病を明らかに娯楽《ごらく》としてやっていた。幼いころのままごとの延長線上に、ユキゾナの看病があった。

(俺はお前の遊び場か)

胸に懐炉《かいろ》を当てるユーリに、一度そう言ってやりたかった。

何が楽しい。お前は楽しかろうが、俺は楽しくない。

ああそうか。お前は楽しめばいいだろう。俺が死ぬまで、存分《ぞんぶん》に楽しめばいい。

健康な妹への嫉妬《しっと》と、無力感が入り混じった感情。

それを口に出すことはなく、表情に出すこともなかった。

ユキゾナは生来、そういう人間なのだ。


二人の関係が変化するのは、ユーリが十二歳、ユキゾナが十四歳の時だった。冬の日、暖炉《だんろ》をいくら暖めても、壁から冷気がしみこんでくる日だった。

ユキゾナは肺病の発作を起こした。一月《ひとつき》ぶりの発作だった。いつものように息が苦しく、嫌な匂《にお》いの痰《たん》がひっきりなしに出る。

肺の中に石炭が詰まっているような気がする。何度咳をしても、石炭はちっとも外に出ない。

「お坊ちゃん！」

「お医者様を早く！」

使用人たちが、ユキゾナの背中を必死にさする。温水で濡《ぬ》らしたタオルを五分ごとに取り替える。気休め程度の効果もなかった。

最近は、発作の頻度《ひんど》が増してきていた。重さも、日ごとに酷《ひど》くなっていく。

いよいよ、今日で終わりかもしれない。今日でなければ、次の発作か。それともその次か。

いずれにせよ大して変わらない。

病状の悪化は、年齢のせいだろうか。それとも、ユキゾナの諦《あきら》めのためなのだろうか。それはユキゾナ自身にもわからない。

酸欠で目の前が暗くなっていく。やっと駆けつけた医者も、どうすることもできなかった。

その時突然、ユーリが医者を突き飛ばした。そして、胸の懐炉と温かいタオルを強引に引き剝《は》がした。

殺すつもりかと、ユキゾナは闇《やみ》に堕《お》ちかけた意識で思った。

「何をするのユーリ！」

「お母様は黙っていて！」

ユーリが、ユキゾナの裸《はだか》の胸に手を当てた。そして、目を閉じ、息を大きく吐いた。

次の瞬間ユキゾナの胸に変化が訪れた。胸に詰まった石炭が、温かく燃えて解けていく。医者と母親が、必死にユーリを押しのけようとする。兄の体にしがみついて、ユーリが胸に手を当て続ける。

数秒後、ユキゾナが口を開いた。

「……何をしてるんだ、ユーリ」

誰もが驚いた。発作の間は、息をすることも困難だ。収まった後も、丸一日は喋《しゃべ》ることもできない。

「ユキゾナ、あなた喋れるの？」

「うん、喋れる。なんだか、急に楽になった」

部屋の中にいる人の中で、ユーリだけが驚いていない。目を閉じて、手を当てることに集中している。

「ユーリ、お前、何をしてるんだ？」

答えはない。誰の言葉も、耳に入っていない様子だ。

「……母さん、明かりを消してくれないか」

ユキゾナが言う。母が電灯を消す。闇の中で、ユーリの掌《てのひら》がおぼろげに光っていた。これは、なんだ。ユーリを除いた、誰もがそのオレンジ色の光を見つめていた。

目を閉じたまま、ユーリが静かに言った。

「お兄さま、お母さま、あたし、天才かもしれませんわ」

「これは、魔法、なのか？」

ユキゾナが、ユーリの手を見つめながら言う。十四年間生きていて、魔法を見たことはなかった。

「はい、魔法です」

「お前、魔術審議なんかいつやったんだ」

ユーリは首を横に振る。

「やっていません。いつの間にかできるようになったんです」

「そんなこと、ありえるのか？」

当時のユキゾナは知らないが、実際にはごくまれにある。切実な願いと、強い意志だけがそれを可能にするのだ。

ユーリが言った。

「最初は、こんなことをしてみたい、と思いましたの。その次にできるかもしれないと、思いました。今さっき、間違いなくできると思いました。そうしたら……」

「ユーリ！」

治療中のユーリに、母が抱きついた。

「奇跡よ、ああ、信じられない。現代管理者様が助けてくださったのね、こんなことがあるなんて」

使用人たちも、涙を流しながらユーリに語りかける。

「ユーリお嬢様！　よかったわ、本当に本当に、なんと言えばいいのか……」

医者は、笑いながら肩をすくめる。

「やれやれ、医学の無力を実感しますな。魔法には、人の思いってやつにはどう足掻《あが》いても勝てないのですな」

ユーリと母と、医者に使用人たち。喜び合い、ユーリを誉《ほ》め称《たた》える彼らの姿を、どこか冷めた目でユキゾナは見ていた。

あれはたぶん、俺の病気を助けるための魔法権利だろう。他の病気は一つも治せないだろう。もしかしたら、俺以外の同じ病気の人も助けられないかもしれない。

すごいな、俺の妹は。絶対に助かるはずがない俺を、魔法も学んでないのに助けちまうなんて。

だけど、助けられた俺は何なんだろう。

なぜかユキゾナは、酷《ひど》く孤独な気持ちに陥《おちい》った。周囲には、自分を心配し、愛してくれる人たちばかりなのに。

ユキゾナは体を起こした。

「あの、みんな。僕はもう大丈夫だから……出て行ってくれないかな」

感動に水を差されたように、ユーリたちがユキゾナを見る。邪魔をしたようで気恥《きは》ずかしく、ユキゾナは口ごもった。

「どうしたのですか、お兄さま」

「別に、怒ってるとかじゃない。ただ、もう大丈夫だって、それだけだよ」

なぜ、そういうことを言うのか皆、理解できていない。ユキゾナ自身にもよくわからない。

「……いや、悪い意味じゃなくて。本当にもう大丈夫だから」

ユキゾナは笑みを浮かべた。困った顔を見せながら、ユーリたちは部屋から出て行った。

彼の気持ちなど誰もわかってくれないだろう。その瞬間はとても美しく、感動的だったから。

感動的で奇跡的な、その光景の主役はユーリだった。ユキゾナはただの脇役《わきやく》だ。奇跡の力に助けられる可哀相《かわいそう》な少年に過ぎないのだ。

ユキゾナは、みじめだった。誰も理解できないだろうが、酷くみじめな気持ちだった。

その日からユキゾナは、少し無口になった。

ユキゾナは、塞《ふさ》ぎこむようになった。父はユキゾナの姿に、理解を示した。

「あの年頃の男の子には誰にでもあることさ」

誰にでもあるわけがないだろうとユキゾナは思った。妹の奇跡の力に助けられた兄が、世界の歴史上何人いる。

輝くようなユーリの前で、ユキゾナはただの影に過ぎない。美しいユーリの物語の、従属物でしかない。

ユーリが疎《うと》ましかった。愛していないわけではない。今も世界一大切な人であることに変わりはない。それがなおさら劣等感を助長した。

そんな折。

ユキゾナに、奇妙な日課ができた。夜になり、皆が寝静まって一人になった頃、彼は部屋の花を見つめるようになった。ユーリが一日の看病の終わりに、必ず活《い》ける花である。

愛《め》でる気持ちではない。ユーリへの感謝の気持ちでもない。

殺意の籠《こ》もった目で、花を見つめていた。簡単に言えば、ただの八《や》つ当《あ》たりである。行き場のないユーリへの気持ちを、花を睨《にら》むことで解消しようとしたのだ。ユーリに当たり散らすことなど考えたこともない。花瓶《かびん》を叩きつけることも、花を蹴《け》散《ち》らすこともユキゾナにはできない。せめて、睨み殺してやろうと考えたのだ。

あまりにも些細《ささい》で情けない八つ当たりである。だがユキゾナは元来こういう人間なのだ。

しかし、同時に、これはユキゾナの才能の発芽《はつが》の瞬間でもあった。

天才は時に奇怪な発想をする。また、天才は奇怪な発想から生まれてくる。そういうものだ。

ユキゾナは花を睨みつけた。全身全霊《ぜんしんぜんれい》をもって睨み殺そうとした。そのありえない行動は、日がたつにつれて世界の理《ことわり》を歪《ゆが》ませた。

一カ月後、最近花が枯れやすいと、ユーリが首をかしげた。

三カ月後、ユキゾナの部屋に妙な病原菌でもいるのではと、医者がやってきた。ユキゾナは、その時初めて自分に芽生《めば》え始めているものに気がついた。

そして六カ月後。ユキゾナは、指を指すだけで一瞬で花を枯れさせるようになった。

一年の後。もはや花だけではなく、虫や鼠《ねずみ》までもを殺すことに成功した。彼は自《みずか》らの能力に、腐壊波動と名前をつけた。その能力は後《のち》に、ユキゾナを最強の一角にまでたどり着かせることになる。

奇妙な話である。最強の男を生んだきっかけは、よくできた妹への嫉妬なのだ。

このことを、誰かに話したことはない。恥ずかしくて話せるものではない。

張本人のユーリにも、もちろん伝えていない。だが実のところ、ユーリは実は薄々感づいていたのではないかと、あとになって思っている。

ユキゾナは、武装司書の道を進むことにした。当然ながら反対はあった。妹と両親と医者と使用人と友人全員だ。つまり、ユキゾナを知る全ての人間だ。

その反対を、ユキゾナは押し切った。

死を待つだけの生より、自らに芽生えた力を役立てることが、ユキゾナの願いだった。そのために、命を削《けず》ろうが、かまわない。

ユキゾナは、あっという間に研修生から見習いに昇格した。研修生になった時点で、腐壊波動の力は半《なか》ば完成していた。あとは、肉体強化の魔法を習得することと、知識と経験をそなえるだけだった。


能力が目覚めてから、四年が過ぎた。

ある日、ユキゾナは友人のモッカニアと話していた。場所は図書館の近くにある、カフェテリアだ。ユキゾナの隣にユーリもいたが、彼女はユキゾナに話しかけられたとき以外はほとんど口を開かない。

「君、最近変わったね」

彼らは同郷で同い年だ。どちらも残虐《ざんぎゃく》かつ凶悪な能力の持ち主でもある。周囲からはライバルと言われていたが、二人の仲は悪くなかった。

「そうだな」

ユキゾナは、自分の変化に気がついている。無口なのは元からだが、最近はさらに程度が増した。

「ひどく怖い目をするようになった。最近、君に話しかけにくいよ」

「怖い目？」

「ああ。フォトナさんや、マットアラストさん、イレイアさんと同じ目だ」

「どんな目だ」

「普段は優しいけれど。あっさりと人を殺せる目だ」

ユキゾナはしばし考えた。

「それが使命なら、仕方がない。人を傷つけることも、殺すこともだ」

「人を殺すことが使命？」

「使命のために、人を殺すかもしれない。それは、ただの殺人とは違う」

モッカニアは淋《さび》しそうに首を横に振った。

「君、変わったよ」

「変わったのではない。成長だ」

ユキゾナは確かに変わった。穏《おだ》やかで気弱な少年から、冷徹《れいてつ》な戦士に変わっていた。自分でも驚くほどの急激な変化だった。環境の変化は、人間を変えるものだと思った。

「どうして、そんなに変われるんだい？」

モッカニアが、淋しげに尋《たず》ねた。強力な能力に反して、彼の甘さはいつまでたっても消えなかった。

甘さの抜けない友人のために、ユキゾナは武装司書としての生き方について考えた。しばらくして、頭の中で考えをまとめた後、一気に喋りだす。

「俺は最近、思ってることがある。人生は使命だと思う」

「つまり？」

「人生には使命が必要なのか、使命が人生を形作るのかはわからない。だが人生と使命は不可《ふか》分《ぶん》だ」

「……」

「人間にはそれぞれに使命がある。それは生まれながらに持ってるものではない。人生の何処《どこ》かで見つけ出し、あるいは与えられるものだと思う。

自分自身で見つける場合もある。家族が使命をもたらすかもしれない。国家が使命を与えることもある。敵を倒さなければならない。その宿命も使命だと思う。

使命は苦難をもたらす。だが同時に、幸福ももたらす。

幸福と不幸が隣り合わせにあることを充実という。人生とはその充実の中にある。

人生とはつまり、与えられた使命の内容と、それに対する取り組みのことだと思う」

ユキゾナは、隣にいるユーリをちらりと見る。

かつて、ユーリが楽しそうに、ユキゾナを看病していたのは、つまりユキゾナの中に使命を見つけたからなのだ。

「俺は、武装司書になることが自分の使命だと思っている。使命を果たさないのは、生きていないのと同じだ。そう思えば、人は必ず変われる」

　モッカニアは、首を横に振った。

「なんだか、穴だらけの人生観だね」

「俺は哲学者でも、教師でもない。正しいかどうかはわからない。俺にとってはこれだ」

「僕は違うな。僕は、君みたいにはなれない」

「そんなことはない。必ず、お前も変われる」

　やるせない表情で、モッカニアはまた首を横に振った。

「昔の俺は、使命を持っていなかった。何も背負わずに生きてきた。だけど、今は違う。俺は武装司書になり、立ち向かう使命を手に入れた」

「………使命、か」

「俺は武装司書に感謝している。武装司書がいなければ、俺は何者でもなかった」

「使命に感謝し、感謝するから戦える。感謝が君を強くする。幸せだね」

「ああ」

「………僕とは、違う」

　ユキゾナの言葉は、結局モッカニアの心には届かなかった。二人は後に、道を違《たが》えることになる。モッカニアは反逆者に、ユキゾナは代行の継承者に。

　モッカニアの気持ちは、わからないでもない。だがユキゾナの思いは違う。

　自分は感謝し続ける。使命を与えてくれる全てのものに。ユーリに。家族に。バントーラ図書館と、仲間たちに。世界の人と彼らの『本』に。

自分に使命を与えてくれた、全てのものに。

ユキゾナは、数え切れないほどの恩を受けている。そう感じていた。

武装司書に昇格した後、ユキゾナは見事な仕事ぶりを見せた。迷宮の出入りには加わらない代わりに、図書館の外で多くの実績を上げた。

クラー自治区の停戦監視と、治安維持への協力。新しい鉱山の発見と、発掘の指揮。『本』に関《かか》わる犯罪の国際的な協力体制の確立。

ユキゾナの名声は、内外で高かった。友人のモッカニアも、また着実に仕事をこなした。モッカニアとユキゾナ、どちらが代行になるにしても、バントーラ図書館は安泰《あんたい》だろう。各地でそう言われていた。

しかしこの時期、密《ひそ》かにハミュッツとマットアラストは頭を悩ませていた。

後に知ったことだが、こんな相談をしていたそうだ。

「次代の館長代行、どうしようかしらねえ、ほんっとうにねえ」

館長代行執務室で、二人の資料を見つめながらハミュッツは頭を抱えていた。

「適任者がいないよな。確かに」

と、マットアラストも頭をひねる。一般的には申し分のない人材といわれる、ユキゾナとモッカニア。しかし、彼らでは館長代行を引き継げないのだ。

「ユキゾナもモッカニアも、びっくりするほど良い子なんだもの。どうにかならないかなあ？

なんであんな良い子が武装司書なんてやってるのかしらねえ」

途方に暮れた様子で、ハミュッツが言う。

館長代行は、善人には務まらない。世界中の全ての人を騙《だま》し、悪行《あくぎょう》を働くのが仕事なのだから。フォトナやマットアラストのような、善人の皮をかぶった悪党が最良だ。その次に、悪党そのもののハミュッツのような人が良い。

ユキゾナやモッカニアのような本物の善人は、最悪の人材なのだ。

「ボンボは、かなりのクソッタレなんだけどなあ。あいつは代行になれないしねえ」

「とにかく、ユキゾナとモッカニアのどっちかしかいないだろ。まあ、様子を見るしかねえか」


それから、三年。ユキゾナは変わらずに、武装司書の務めを果たし続けた。冷徹かつ非情に見えながら、常に判断は正しい。そんな評判は全く変わらなかった。

そのユキゾナに、真実が伝えられる時が来た。ユキゾナとユーリはハミュッツに連れられて、第二封印迷宮を降りていた。

重大な話があるとは聞いていた。しかし、ハミュッツは何かをためらっているように見えた。思惑《おもわく》を推し量《はか》れないまま、黙ってユキゾナとユーリは歩いていた。

「……………少し、あんたに伝えるのは心苦しいわねえ」

と、ハミュッツは言った。

「なぜ」

「だってあんた、本気で信じてるんだもの。武装司書が、正義の味方だって」

嫌なことを言うと、ユキゾナは思った。

ユキゾナは、正直に言うとハミュッツがかなり嫌いである。理由は、他の人たちが彼女を嫌う理由とは違う。ハミュッツは武装司書として、不純であるように思えるのだ。

「そうでなかったら、俺が武装司書として働く理由はありません」

歩きながら、ハミュッツは大きくため息をついた。

「ああ、やっぱりやめようかなあ。そんなこと言われちゃったら、わたしどうすればいいのよう。困っちゃうわよ。たすけてえ、ユーリ」

そんなことを言われてもと、ユーリは眉《まゆ》をひそめる。

「ユキゾナ。悪いけど武装司書は、あんたが思うようなものじゃないのよ。正義の味方なんかじゃないし、秩序の守護者なんかでもない。

ショックを受けると思うけど。自殺なんかしないでね」

そしてハミュッツは語りだした。彼が感謝を捧《ささ》げる武装司書の、本当の歴史を。


時は移り、一九二九年一月十二日。

混乱を極めるバントーラ図書館の中で、ハミュッツは電声機を前に話していた。

「さて、皆さんにも真実を話しましょう。このバントーラ図書館の、本当の歴史をね。

それをわかってもらわないと、今の状況なんて理解できないから。みんな、冷静に聞きなさいよ」

ハミュッツは、長い沈黙をはさんだ。これから話すことを、しっかりと理解させるために。四年前、同じ話をユキゾナにした。確かその時も、こうして沈黙をはさんだのだ。あの時の話を、今度は武装司書全員に向けて語りかける。

「さてと……はてさて、本当に何から話そうかしら。

そうね、たとえ話をしましょうか」

触覚糸《しょっかくし》を通じて、第六書庫の前で聞いている武装司書たちの様子を窺《うかが》う。戦場と化したはずの図書館が、今はまるっきり沈黙している。

「子供のころ童話とか小説とか読まなかった？

そういうのに、世界を支配しようとする悪い奴《やつ》が出てこなかったかしら。

魔王とか、悪の帝王とか、そんな感じの奴。

小説だとそういうのは、正義の味方に退治されちゃうのよね。正義の味方は世界の平和を守ってくれるわよねえ。

だけどね、想像したことない？　もしも魔王が世界を支配したら、その世界はどうなっていたのかってことを」

想像したことがある者は、少ないだろう。それよりも、そんな悠長《ゆうちょう》なことを考えている暇《ひま》などないはずだ。

「今、わたしたちが住んでいる世界ってのはね、その悪の帝王に支配された世界なのよね。小説と違って、現実には正義の味方なんて現れなかったわ。悪の帝王は全世界の人を屈服させて、もう誰も逆らえなくなった。人々は悪の帝王の言いなりになって、日々を生きている。

実はね、この世界はそういう世界なの。

だけど、いいところもあるのよ。この世界に住んでいる人のほとんどは、悪の帝王に支配されてることなんて知らない。そんな奴がいることも知らない。悪の帝王に逆らいさえしなければ、けっこう平和に楽しく暮らせたりもするのね。

そう思ってみると、結構悪くないと思わない？」

あまりにも反応が薄いので、ハミュッツは少し不満に思う。我ながらなかなか上手いたとえ話をしているつもりなのだが。

「もちろん、悪の帝王は悪い奴だから、下っ端《したぱ》を使って世界の人々を支配してるわ。下っ端たちは、武力と権力を握って、世界中で悪いことをしまくってるの。

その下っ端っていうのが、わたしたち武装司書なの」

武装司書たちが眉をひそめるのがわかる。ハミュッツの言葉の真意を理解できないのだ。

「信じられないでしょうが、それが真実なのよ。

もう少し、具体的に話していきましょうか。この世界と、わたしたち武装司書の成り立ちを」

ハミュッツの語りは、なおも続く。かつてユキゾナに話したのと、同じ話を繰り返す。

「二千年前より前の世界を、楽園時代と呼ぶわ。これはみんな知ってるわよね。

楽園時代が、どれだけの間、続いたのかはわからないわ。一万年とも、十万年とも言われている。

そのころ、世界は三人の世界管理者に治められていたわ。

未来管理者オルントーラが人々を導き、現代管理者トーイトーラが自然を治め、過去管理者バントーラがあらゆる事象を記録していた。

彼らの統治は完璧《かんぺき》だったわ。今の現代管理者や政府とは大違いよ。

同じように、世界の人々も今とは違った。世界中みんなが、ノロティみたいに可愛くて優しい人たちだったのよ。この時代、人々は争うことも憎《にく》みあうこともなく、平和に暮らしていたわ。

人々とともに、愉快《ゆかい》で素敵な仲間たちもそばにいた。人を惑《まど》わせる妖精、敬意と畏怖《いふ》をもたらす竜、そのほかの怪物や異形《いぎょう》の者。だけど、彼らは決して人の敵ではない。人の世界に彩《いろど》りと変化をもたらすために存在していた。

とても素敵な時代だったわ。ゆりかごの中の赤子のような時代。

だけど、楽園時代がどんな時代かを、この目で見ることはできないのよね。当時の『本』を読むことはできないからね。

もしも一度でも楽園時代の『本』なんか見たら、この世界で生きているの嫌になっちゃうかもしれないわ」

武装司書たちは、針が落ちても聞こえそうな沈黙に包まれている。一言一句とて聞き逃せない。

「なぜその楽園時代が終わったか。これは世界中の歴史学者さんが取り組んでいる問題だけど、実はわたしたちは真実を知っているわ。

単純に言うと、楽園の終わった理由は、悪《あ》しき人が現れたからよ。

悪しき人とは、欲望を持つ人間たち。欲望は誰でも持ってるものだけど。世界管理者が定めた以上の欲望を持つものよ。

悪しき人は望んだわ。自らが他人より勝ること。他人より多くを所有すること。他人より幸福であること。他人とは違う特別な誰かであること。

変化は本当にゆっくりと訪れたわ。今の時代にいるような、犯罪者や悪党なんかはいなかったけれども、悪の種子は生まれ、育っていった。

彼らはゆっくりと、本当にゆっくりと増えていったわ。

やがて、人は憎むことを知り、奪うことを知り、嘲《あざけ》ることを知り、支配することを知った。

悪しき人は世界管理者に逆らい、さらなる繁栄を求めたわ。そして善《よ》き人を駆逐《くちく》し、支配して、不幸の種をばら撒《ま》いていった。

今この世に、楽園時代の善き人は一人もいない。わたしたちは悪しき人の末裔《まつえい》。神に逆らった邪悪な存在。得られぬものを求める民なのよ」

武装司書たちは皆、思っているだろう。この話が、どうバントーラ図書館に繫《つな》がるのか。そして、今の事態に繫がるのか。

「あ、もうちょっと我慢《がまん》して聞いてねえ。

悪しき人の手で世界は苦痛と悲しみに染まっていったわ。犯罪が起き、警察が生まれた。国家が生まれ、徴税《ちょうぜい》が始まった。争いが起き、裁判が行われるようになった。

それでも、今のこの世界よりどれだけましかわからないけどね。あの時代に少なくとも、わたしはいなかったし、カチュアもシガルもいなかったものねえ。

だけどついに、一人の男が生まれたわ。世界管理者に公然と反旗《はんき》を翻《ひるがえ》し、世界管理者を滅ぼそうとする者が現れた。

名前はルルタ＝クーザンクーナ。この世界で最も悪しき人。そして、この地上で最大の力を持つ者よ」

ルルタ＝クーザンクーナ。この名前は、さっきも言った。バントーラ図書館の本当の館長。そして、武装司書の終わりを宣告した者だ。

「彼は、世界管理者と戦い、打ち破ったわ。そして世界管理者はこの世界から姿を消した。ただ倒すだけじゃなく、ルルタ＝クーザンクーナは神の力までも食いつくして、自らのものにしたのよ。

未来管理者オルントーラはルルタに力を奪われ、この世から消え失《う》せたわ。

現代管理者トーイトーラは、この世の法則を現状維持するだけの存在になった。

過去管理者バントーラは、『本』を集める力を失った。生成される『本』は管理者に見捨てられ、土の中に埋もれ続けることになった。この図書館は、主《あるじ》を失った廃墟《はいきょ》と化したわ」

そんな馬鹿《ばか》なと、武装司書たちは思っているだろう。この図書館は、バントーラが生み出してからずっと、変わらずに存続していたはずなのに。

「世界管理者を打ち滅ぼしたあと、ルルタはバントーラがいたこの図書館を、自らの居城にしたわ。そして、神から奪った力『終章の獣《けもの》』を迷宮内に解き放ち、自らを守る番兵としたわ。

終章の獣を、今はわたしたちは『衛獣』と呼んでいるわ。彼らの本当の仕事は、『本』を守ることじゃないの。図書館の奥に眠る、ルルタに人を近づけないことよ」

武装司書の数人が、思わず後ろを振り返った。封印迷宮に繋がる階段には、衛獣、いや、終章の獣たちが群がっている。

「終章の獣が、どれぐらい強いかみんな知ってるわよね。終章の獣の力すら、ルルタの戦闘力の一端《いったん》に過ぎないのよ。

ルルタがひとたび本気を出せば、世界中の人たちを殺すなんてわけもないことよ。バントーラ図書館を支配したルルタは、その力を、人々に見せつけたわ。

こうして、ルルタに逆らうことなんて誰にもできなくなった。彼は世界で一番強い上に、神の力まで自分のものにしちゃったんだから。

こうして、ルルタは世界の支配者になったわ。いや、所有者と言ったほうがいいかもしれない。ルルタは、それだけの力を持ってるんだから。

さて、世界全てを所有した人は、この後何をするでしょうか。

王となって世界を統治するなんて馬鹿らしいわね。世界の所有者が、政治やらなんやら面倒《めんどう》くさいことするわけないわ。

富を集めるのも無意味よ。この世にあるものは、ルルタの所有物なんだからね。死すらルルタは乗り越えた。あとはルルタは、やることがないのよ。

そんな彼が、最後に望んだもの。

幸せを、手に入れることよ。

ルルタは、世界の人々に言ったわ。この世界全てが、ルルタの所有物である以上、彼らが感じる幸せも、全てルルタのものだと。

ルルタが命じたのは、発掘される全ての『本』を、自らのもとに運ぶこと。『本』に収められた幸福を、ルルタは供物《くもつ》として受け取るの。

ルルタに従う人たちは、地下に埋まっている『本』を掘り集めたわ。彼らは必死に働いたのよ。だってルルタの機嫌を損《そこ》ねちゃったら、その場で殺されちゃうんだもの。

ルルタの従者たちは、人々を使役《しえき》して鉱山で働かせたわ。働かない者は容赦《ようしゃ》なく鞭《むち》で打ち、逆らう者は皆殺しよ。鉱山で働く人を使役するために、世界から力を持つ人が集まったわ。

これが、武装司書の始まりなのよ。

武装司書の正体は、ルルタの奴隷《どれい》。武装司書の本当の使命は、天国に『本』を運ぶこと。

そう、わたしたちはあなたたちを騙していたのよ。ずっと、ずっとね」

触覚糸を通じて、呟《つぶや》き声が伝わってきた。誰の言葉かはわからなかった。

「……代行は、おかしくなっちまったんだ」

ハミュッツは、電声機から顔を離し、くすりと笑った。どうして、みんなこうやって同じ反応をするのかしら。

四年前の、ユキゾナもそうだった。迷宮を下りながらハミュッツの話を聞いていた。

ユキゾナは思った。代行は、どうやらおかしくなってしまったようだ。迷宮を下るのは早々に切り上げて、早くこの人を病院に連れて行かなければいけないと思っていた。

ルルタなど、存在するわけがない。武装司書が、『本』を捧げる奴隷だなんてありえない。

「嘘《うそ》に、決まっていますわ」

ユーリが、小さく呟くのが聞こえた。ハミュッツには聞こえていないのか、聞いていて無視したのかはわからない。

三人は、話の途中で第二封印書庫までたどり着いた。ハミュッツが扉に手をかけた。

「あんたら、信じてないわね。でも、気持ちはわかるわよ」

ゆっくりと、扉を押していく。

「でも、これを見たら信じるわよう。バントーラ図書館の、本当の館長、ルルタがここにいるんだからねえ」

扉の向こうにあるものを、ユキゾナは見た。

書庫の中央に立つ、奇妙な樹木。そこから放たれる圧倒的な威圧《いあつ》感に、ユキゾナはおののいた。ユーリが、ユキゾナの肩に寄り添ってくる。

「そんなに怖がらなくてもいいわよう。こっちから攻撃しない限り、ルルタは何もしないから。今のところね」

ハミュッツは第二書庫に入っていく。ユキゾナも、ユーリをかばいながら中に進んでいく。

今の話を、信じないわけにはいかなかった。このおぞましい威圧感。これは、過去管理者バントーラの生み出したものではない。こんな邪悪な存在を、過去管理者が生み出すわけがない。

「信じてくれるかしら？　全てを」

しばらく、答えを返せなかった。樹木を見つめながら、冷たい息を吐いていた。

「そんな、馬鹿な」

かろうじて、言葉がつむぎだされた。ユキゾナを前に、樹木がざわりと揺れた。

「あら、失礼なことを言っちゃだめよ。この樹木が、わたしとあなたの上司なんだから」

そう言ってハミュッツが、にやりと笑った。

「さて、話を続けましょうか」

ハミュッツは、さらなる言葉を重ねる。それは、武装司書の正義を信じていたユキゾナを、さらに痛めつける真実だった。

電声機の向こうにいる武装司書たちに向けて、ハミュッツはさらに話し続ける。

「子供のころ、先生やお母さんに言われたことはなかったかな。一つ嘘をつくと、嘘のつじつま合せのために、また嘘をつかなきゃいけなくなる。そして、もっとたくさん嘘をつかなきゃいけなくなる。そのうち身動きが取れなくなって、結局は必ずばれる。そう教わったわよね。

お母さんの言うことは聞くものよねえ。

それこそ、まさしく武装司書の歴史だもの」

ハミュッツが、悪意のこもった笑顔を浮かべる。

「さて、武装司書が成立してから百年ほどたったころの話。

その、ただひたすら『本』を搾取《さくしゅ》する武装司書たちと、殺されていく世界の人々。百年ほどそんな時代が続いたわ。

だけど、しだいにルルタは満足しなくなってきたわ。武装司書への反乱と武装司書による虐殺《ぎゃくさつ》。そんな時代に生み出される『本』なんて、つまらないものばかりだった。

また、次第《しだい》に武装司書も疲弊《ひへい》し始めてきたのよね。毎日毎日、反乱とその鎮圧《ちんあつ》で、戦力も減少してきたわ。

ここで登場するのが初代館長代行マスライ＝カーネル。バントーラ図書館第二の始祖《しそ》ともいうべき、偉大な人物よ」

この人物の名前は、武装司書たち全員が知っている。彼の名前が記されていない歴史教科書はない。

「マスライは、力で支配することの限界に気がついていたわ。力で押さえつけても、力で跳ね返される。支配者はいずれ力を失い、体制は崩壊するわ。

だけど、世界の人々がルルタに反乱を起こしたら、誰も彼も殺されちゃうわ。

マスライは、武装司書の改革に取り組んだわ。

彼がやったのは、武装司書を飾り付けることよ。

人が人を支配するには、名目が要《い》るわ。権威が要るわ。箔《はく》が要るわ。民衆に、権力者が偉大な存在だと錯覚《さっかく》させることが支配の最良の手段よ。

悪の組織武装司書を、正義の味方に生まれ変わらせることが、マスライの目的。

マスライは改革を始めたわ。まずは悪さを働いていた武装司書を徹底的に粛清《しゅくせい》したわ。ひどい話よねえ。今までルルタのために悪さしてたのに、今度はルルタのために粛清されるんだから。

次にマスライは、民衆にパンとサーカスを与えた。公平な徴税と労役を課したわ。それに、楽しいお祭りや見世物《みせもの》を。あっという間に彼は、民衆の心を摑《つか》んだわ。

そして、彼は民衆に伝えたの。

武装司書は、この地より去った過去神バントーラから『本』の管理を命じられた集団であると。今までは邪悪な集団が、『本』を不当に持ち去っていたが、過去神バントーラの命令を受けた私が、今後あらゆる『本』を管理すると。

『本』を管理するのは、世界の平和と人々の死を守るため。だから民衆は武装司書に従う義務がある。

この一言で、反乱はぴたりと治まったそうよ。偉大な過去管理者の命令ならばしかたないって、世界の人々は考えたの。

おかしな生き物よね、人間って。力で人々を押さえつけてることには何の変わりもないのに、正当性を主張するだけで黙っちゃうんだもの。

そんなわけで、武装司書は単に『本』を集めるための組織から正義の味方に生まれ変わったわ。そうしなければいけなかったから。

マスライの改革は成功したわ。以後武装司書は、組織力を増したし、武装司書の力で世界もそれなりに平和になっていった。

ただ、この先、館長ルルタの名前は絶対の禁句になったわ。過去神バントーラが館長っていうことにしてるんだから、本当の館長の名前なんて出せないわよね。

とはいえ、これでバントーラ図書館は最初の危機を乗り越えた」

鳥肌《とりはだ》が立つような、残虐《ざんぎゃく》な歴史の授業は、さらに続く。

「この先の三、四百年。まあいろいろあったわねえ。この辺は歴史の教科書を読みなさいな。概要だけ説明すると、武装司書は『本』を管理する集団と、民衆を統治する集団の二つに分かれたわ。後者のほうは独立して、現代管理庁に繫がっていくわけね。

さらに、現代管理庁の一元統治から、地域ごとの分割統治体制に移行した。いわゆる国家が誕生したわけよ」

その後の、現代管理庁の歴史や国の移り変わりについては省《はぶ》いた。関係のない話だ。

「それで、武装司書のほうも、この期間に変化していったわ。

世界の鉱山から『本』を集め、幸せな『本』を選《よ》り分けて、ルルタに捧げる。ルルタに捧げる価値のない『本』は、とりあえず迷宮の中に置いておく。『本』を読みたい時は迷宮に潜って必要な人に貸し出してあげる。終章の獣がうろつく迷宮は、武装司書以外は立ち寄れない。そういう風《ふう》に制度を作っていったわ。

まあこの時期に、今の武装司書の体制が確立したっていうわけ。

そうそう。この辺りからルルタ＝クーザンクーナの存在を知っているのは武装司書の幹部だけになったわ。秘密を守るためには、真実を知る人は少ないほうが良いからね」

それで一応、話は一段落した。とりあえず、ハミュッツは電信機から口を離し、一息つくことにした。

話を聞き終えたユキゾナには、言葉もなかった。歴史も、使命も、何もかも嘘。自分たちは今まで、踊らされてきたとでもいうのだろうか。

呆然《ぼうぜん》とするユキゾナを見て、ハミュッツはため息をついた。

「ユキゾナ。あんたに伝えるかどうか、マットと揉《も》めたのよ。あんたに、耐えられる？　この現実に。あんたは大丈夫だってマットは言うけどね」

「………」

耐えられない、そう言いたかった。今すぐアーガックスの水を飲んで忘れてしまいたかった。

「イレイアおばちゃん、いるでしょう。あの人には、真実は伝えてないの。あの人は誇り高いし、融通《ゆうずう》が利《き》かないところがあるから。きっとルルタの奴隷なんて任務には耐えられないと、みんな思ったのよ」

ハミュッツは言う。

「受け入れないっていう選択肢《し》もあるのよ。その時は、アーガックスの水で記憶を消させてもらう。当然、館長代行に就任することはできないけどね。でも、そのほうがどれだけましか、わからないわよ」

ユキゾナは何も言えなかった。

「お兄さま……」

ユーリも、兄の名を呼ぶだけで、何も言えない。

ユキゾナはふと、一冊の『本』に手を伸ばした。この図書館でも最古に近い、古代の『本』だ。

たとえば、一人の戦士がいた。名前などはどうでもいい。

彼の暮らした古代社会では、村同士の抗争や略奪など、日常茶飯事《さはんじ》だった。彼は幼いころから、村を守るために戦った。彼は、実戦を繰り返すことだけで強くなった。おそらく、現代の武装司書など彼にとっては軟弱者の集まりだろう。

彼の力で、村は常に平和だった。暗い世の中にあって、彼の村だけは笑いに包まれていた。

それが不幸を生んだ。ある夜のこと。警鐘《けいしょう》が打ち鳴らされた。松明《たいまつ》の燃える音と、馬のいななきが村に飛び込んできた。

彼は知っていた。『本』の略奪者の存在を。武装司書というおぞましい名前も。十数人の武装司書が、蹄《ひづめ》の音も高く村を蹂躙《じゅうりん》していく。

「『本』だ！」

「『本』をよこせ！」

野盗にも劣る汚い身なり。殺戮《さつりく》に酔いしれる残虐な表情。邪悪な武装司書と戦うため、彼は剣を取り、駆け出す。

「皆、武器を取れ！　女子供を逃がすんだ！」

剣を振るいながら、村人たちに呼びかける。

「させるか！」

武装司書の一人が、村人たちを眠らせる魔法をかけた。彼は精神力でかろうじてこらえるが、彼以外の村人は、一人も抵抗できない。道々に倒れる村人を、武装司書たちは踏み潰《つぶ》していく。

「貴様ら、貴様らぁ！」

戦士は叫び、一人で武装司書たちをなぎ倒していく。村人たちに起きろと叫ぶが、彼らは皆、安らかに眠ったまま現世から消え去っていく。

「囲め!」

「後ろから矢を撃て!」

彼一人で、七、八人は倒しただろうか。しかし、所詮多勢《しょせんたぜい》に無勢《ぶぜい》。取り囲まれ、前後左右から槍《やり》で突かれ、倒される。

屈強《くっきょう》な彼は不幸にも、すぐには死ねなかった。血が流れつくした後も、かすかに目は開き、耳も聞こえている。守るはずだった村人が、殺されていくのを目の当たりにする。

やがて、動いている人がいなくなったころ。

「終わってございますか? 武装司書の諸兄方《しょけい》」

と、一人の男が現れた。手に石剣を持つ男は、他の連中とは様子が違う。

「終わりました。ラスコール=オセロ殿、お願いします」

石剣を持つ男が、剣を地面に突きたてる。見る間に『本』を生みだしていく。『本』を読んだ武装司書たちが、高らかに笑いあう。

「なんと幸福な村だったんだ。飢えも、病気も一度もないぞ」

「ははは、大漁だ。これだけあれば、ルルタ様は一年は満足してくださる」

悪鬼《あっき》だと、彼は思った。人間が人間に、ここまで残虐なことができるのか。数百年前の楽園時代に比べ、ここは地獄だ。生まれてこなければ良かった世界だ。

「殺して……や……殺して……」

倒れた戦士は、土を握り締めてもがく。それを見て、一人の武装司書が言う。

「こいつの『本』はどうでしょうかね」

彼の顔を覗《のぞ》き込み、別の武装司書が言う。

「いや、だめだろう。こいつは、幸福じゃないからな」

その一言を聞いたのを最後に、彼は事切れた。


ユキゾナは、別の『本』に手を触れた。時代はさっきの男と同じ古代世界。今度は女性の『本』だった。

彼女は、生き別れた夫を捜し求めて、旅をしていた。夫に会いたい。今一度、たった一度でもいい。彼の姿を見たい。そう思いながら旅を続けた。

夫の死を知っても、彼女の旅は終わらなかった。彼女の望みは、夫のそばにあること。『本』を胸に、残りの人生を生きていくこと。それだけを願い、彼女は鉱山に潜った。

鉱山は、地獄といわれていた。恐ろしい武装司書が、容赦なく鞭を振るい、鉱夫《こうふ》を使役していた。過酷な労働で、体を病《や》んだ者の死体が、鉱山の横にうずたかく積まれていた。死体の山は日々、高くなり続けた。

その中で女性は、夫に会いたいというそれだけを胸に、働き続けた。

しかし。

「返せ、あの人の『本』を！」

ようやく発掘された夫の『本』。それに指一本触れる前に、武装司書に取り上げられた。一目会いたい、一度でいいから読ませて欲しいと哀願《あいがん》したが、受け入れられない。彼女は怒鳴り、暴れ、そして捕らえられた。

「黙れ！」

武装司書が鞭で彼女を打ち据《す》える。一般人に過ぎない彼女の体は血に染まり、肉が飛び散る。

「あたしの『本』だ！　あの人の『本』は！　あたしの『本』だ！」

彼女は叫んだ。嘲《あざけ》りを込めて、武装司書は鞭を振り下ろす。

「馬鹿が！　お前の『本』など、この世にあるか！」

何度も何度も彼女は打たれた。鞭の傷から、毒が入り、彼女はもがき苦しんで死んでいった。最後まで、『本』を読みたいと口にしながら。

『本』を読み終えたユキゾナは、怒りに震えている。許しがたい蛮行《ばんこう》だけではない。彼らが恥《はじ》知らずにも武装司書を名乗っていたことだ。

「ユキゾナ。それが本当の武装司書。やり方が違うだけで、やってることは同じよう」

ハミュッツが言う。

「許せない……」

ユキゾナが、本棚を握り締めながら呟く。ハミュッツがため息をつく。

「あんたが引き受けないなら、困るわねえ。モッカニアはああだし、ボンボは無理だし、キャサリロやマーファじゃ力不足よねえ」

早くもハミュッツは、次の算段を考え始めている。

別の一冊に、ユキゾナは触れた。

さっきの二冊より、時代は下る。武装司書が平和の守護者として、生まれ変わったあとの『本』だ。この『本』に、怒りは感じなかった。彼らは民衆の守護者として務めを果たしていた。

それは、一人の武装司書の『本』だった。館長代行に次ぐ立場の人間だった。

「バントーラ図書館館長ルルタ様」

彼と、当時の館長代行が、樹木の前にひざまずいていた。館長代行は樹木のそばに、彼はその背後にいた。

「あなた様の所有物たる世界より、献上《けんじょう》するべき『本』を選別してまいりました。どうぞ、お納めください」

館長代行は数冊の『本』を持っている。それを順に、樹木に『本』を近づけていく。『本』は樹木に近づくと、粉々《こなごな》になって消える。

最後の一冊に手を触れる。館長代行と、背後の彼に緊張が走る。

「これが、最後の『本』でございます」

そう言って、館長代行が『本』を近づける。

今だ。彼は思った。

次の瞬間、『本』は短剣に変わった。中指ほどの長さしかない、芋虫《いもむし》を模《も》した短剣だ。追憶《ついおく》の戦器の一つ、常泣《とこな》きの魔剣アッハライ。天国を滅ぼすために彼が見つけ出したものだ。

彼は自らの魔法で魔剣を『本』に見せかけていた。

館長代行が、常泣きの魔剣を突き出す。マットアラストやハミュッツにも劣らない速度だ。ルルタを滅ぼす、完璧な布陣《ふじん》のはずだった。

しかし、何事も起こらなかった。短剣を持つ館長代行は、剣を突き出したまま固まっていた。失敗した。彼が死を覚悟した瞬間、頭の中で声が聞こえた。

(館長代行の『本』を捧げろ)

語っているのは、ルルタだ。

(この愚《おろ》か者は、僕の生み出した夢の中にいる。僕を滅ぼし、世界の英雄になった夢だ。現在彼は、夢の中で幸福に包まれているだろう)

館長代行の首が、椿《つばき》の花のように落ちた。噴《ふ》き出す血を、全身に浴びながら彼は震えていた。

逃げようにも足が動かない。

(愚行《ぐこう》を許そう。だが、次はない)

その言葉が聞こえるやいなや、彼は土下座《どげざ》した。泣き、わめき、小便を漏らしながら謝った。恐怖から逃れるにはそれしかなかった。

(許してくれ、か。君は愚かな人間だな。要る人間か、要らない人間か、僕にはそれしかない。君には、彼の『本』を、僕に運ぶ義務がある。だから、君は要る)

彼は言われたとおりに、館長代行の『本』を捧げた。

そしてこの後も、彼は武装司書として生きつづける。彼は次代の館長代行に、繰り返し、繰り返し言い続ける。

絶対に、ルルタに逆らってはいけない。何があっても、逆らってはいけない。

逆らう者が現れたら、必ず殺せ。逆らう可能性がある者も殺せと。


なおもユキゾナは、別の『本』を読む。

その『本』は新しかった。五百年ほど前の館長代行、優《すぐ》れた魔法学者にして戦士だった。

彼とその仲間は、自転人形ユックユックを用いて、天国を破壊しようとしていた。封印迷宮の一角に集まり、自転人形を囲んで座っていた。

彼らが求めるものは、純粋な破壊力だ。単純な力で、ルルタを超える。それは不可能ではないと信じていた。

うずくまる自転人形の前には、金属質を含んだ小石が置かれている。この小石に含まれる貴金属が、魔法の根源となる。

彼は、文言《もんごん》を唱《とな》える。

「ある重さは、光の速さの累乗《るいじょう》を持って、重さそのものを力と成《な》さん。空《くう》は湾曲し、時は定まらず、相対の理《ことわり》に基《もと》づいて、我ら自転人形に力を込めん」

実行しているのは、魔術史上最大の禁法《きんぽう》である。後に、あまりの威力と殺傷力を恐れた人々が別の自転人形を使い、この禁法が永遠に使用されない魔法を発動させた。

この禁法が生み出すのは、純粋で圧倒的な破壊力だ。制御などもとより不可能。ルルタや自分たちはおろか、バントーラ図書館全体が消えてなくなるだろう。だが、それすら構わないと彼らは考えていた。

時代は、常笑いの魔女シロンが災厄《さいやく》を振りまいた直後だ。世界中で罪のない人々が、竜骸咳《りゅうがいぜき》で命を失った。

彼は自責の念にさいなまれていた。シロンとワイザフを止められなかった罪。せめて、ルルタを道連れにすることで贖罪《しょくざい》を果たそうとしていた。

「自転人形、発動」

彼の声とともに、自転人形が踊りだす。ユックユックは踊りだした直後に、首が落ちた。

そして、次の瞬間。遙か彼方《かなた》から、声が聞こえてきた。

(幾度《いくど》も、幾度も、僕は君たちに教えてきた)

ルルタに、気づかれていないはずだった。発動するその時まで。ルルタは、自らの力で自転人形の力をかき消したのだ。

(この世界があるのは僕の意思だと。僕が、要ると思うからこの世界は在《あ》ると)

遙か彼方から、光の矢が飛来した。車座《くるまざ》になっていた一人の体が、矢に撃たれた。

光の矢に貫かれた彼の体が、急激に膨張《ぼうちょう》して破裂した。

(もしかしたら、君たちは自分たちが殺されるだけで済むと思っているのかもしれない。その誤解を解くために、僕は行動しなければならない)

頭上の図書館から、爆発音が響いてきた。迷宮の奥深くまで聞こえてきた。

(たった数百人を殺しただけでは、理解できないかもしれない。だから君たちに聞こう。理解するまで、どれだけ犠牲《ぎせい》が必要か？　千か？　万か？　それとも世界の七割を殺して見せねばわからないか？)

館長代行の顔は、もはや狂気の一歩手前であった。シロンを止められず、ルルタを倒せず、罪もない多くの人をさらに殺させた。

(どうだ、理解できるか)

「………理解、しました」

(何を？)

「何をしても、無駄だと」

(その通りだ。君たちは僕に、幸いなる者の『本』を運べ。それ以外は、何をしても無駄だ)

館長代行はゆっくりと、自らの首に手をかけた。力をこめ、ごきりと自分の首の骨をへし折った。

ルルタは、さらに告げる。

(理解し、許容するのだ。君たちがこの世界で生きるために)

見るに耐えかねて、ユキゾナは指を離した。

(何をしても、無駄だ)

その言葉が、時間を超えてユキゾナに向けられているような気がした。

それは錯覚ではない。ルルタは、全ての館長代行と、全ての人間に、理解を求めている。

世界は、ルルタの所有物である。それを理解しろと言っている。

「許容できるかしら」

ハミュッツは期待の込もっていない口調で言った。ユーリは、ユキゾナから目をそらしている。二人とも、ユキゾナが断ると思っているのだろう。

最初は確かに、断ろうと思っていた。

「他にいないから、仕方なく引き受けるとか、そういう中途半端な気持ちじゃ困るのよ。引き受けるなら、命と引き換えてでも成し遂《と》げるつもりじゃないと」

ハミュッツが言う。

「お兄さま。考える必要などありません。断ってバントーラ図書館を去りましょう。わたしたちを虚仮《こけ》にしていますわ」

ユーリが言う。ユキゾナは、樹木を見つめながら、無言で考え続ける。

「俺は……」

どれだけ悩んだだろうか。小さく、しかしはっきりと意思を込めてユキゾナは言った。

「引き受けます。俺は、ルルタ＝クーザンクーナに仕《つか》え、幸いの『本』を運びます」

驚いたのはユーリだけではない。ハミュッツも、引き受けそうにないと諦めていた様子だった。

「……気まぐれってわけでもなさそうね」

「はい」

「わかってるのかしら？　館長代行になっちゃったら、相当悪いこともしなきゃいけないのよ」

「わかっています。それを含めて、引き受けます」

「お兄さま、考え直してください」

ユキゾナをとどめようと、ユーリが服の袖《そで》を引っ張ってくる。しかしユキゾナは、考えを変えようとはしない。

「どうしてですか、お兄さま」

「ユーリ。世界の人々を守るためだ」

「……………」

戸惑《とまど》うユーリをよそに、ユキゾナは語りかける。物言わない樹木に向けてだ。

「ルルタ＝クーザンクーナ。勘違《かんちが》いはするな。

あなたに勝てないことも、『本』を運ぶしかないことも理解している。だが、俺はあなたに忠誠など誓《ちか》わない。

世界の人を守るのが俺の務め。俺は、あなたから人々を守るために、館長代行になる。

俺がいる限り、あなたには誰も殺させない。絶対にだ」

樹木の枝がざわりと揺れた。

「ルルタ＝クーザンクーナ。人の心までも、好きにできると思うなよ」

ユキゾナが、樹木を睨みつける。枝を揺らす他は何も反応を見せない。何を思っているのか。何も思っていないのか。何もわからなかった。


四年後。ユキゾナは、自らの務めを果たすために走っていた。動き出したルルタから、世界の人々を守るために。

ユキゾナは第四書庫を抜け、第三封印迷宮へと入った。この先は迷宮も複雑化する。行程としては三分の一程度だった。ルルタは今も、第二封印書庫にいるのだろうか。それとも、地上を目指して動き出しているのだろうか。

「終章の獣は、完全にいないようですね」

背後でユーリが言った。

「そうだな」

「しかし、ルルタはなぜ動き出したのでしょうか」

ユーリが言う。ユキゾナも同じことを考えていた。

現在の武装司書がどんな体制になっているか、ルルタが把握《はあく》していないはずがない。武装司書の崩壊を招くことは、ルルタにとっても得策《とくさく》ではないはずだ。

「……まさか、カチュアか？」

ルルタが、武装司書ではなくカチュアの神溺《しんでき》教団を選んだ。カチュアの神溺教団のほうが、効率的に幸いを運ぶことができる。

ルルタがそう考えた可能性は確かにある。しかし、それならばカチュアの死から一年もたって動き出したことに説明がつかない。

カチュアと武装司書の戦いでは中立、もしくは無関心を貫いてきた。今になって動き出す理由はない。

「もしかしたら、ヤンクゥやキャサリロが、動いたのかもしれない」

ユキゾナが背後のユーリに言う。二週間前、ユキゾナたちは反乱の芽《め》を潰《つぶ》したばかりだ。ルルタは反逆者の抹殺《まっさつ》に動いているのかもしれない。

「それはありえません。あの子たちなどで、ルルタが動くなど……」

ユーリが否定する。あの反乱は、ルルタにたどり着く遙か以前に潰したはずだ。ルルタにとっては、何の打撃にもなっていない。

「いや、わからない」

しかし、ユキゾナは考えている。ヤンクゥやキャサリロは囮《おとり》ではなかったのか。真の敵は、その陰《かげ》にいたのではないか。

単なる直感だが、それは的《まと》を射《い》ていた。オリビアの背後にはエンリケがいた。

反逆者が現れ、それに怒ったルルタが動き出している。ユキゾナはそう確信した。だとしたら、ユキゾナはどうすればいい。ルルタの怒りを収め、バントーラ図書館を守るためには。

「……………ちっ」

思わず、舌打《したう》ちをする。武装司書とは元来が、ルルタのために存在する組織だ。それを、ルルタの手から守らなければならないとは。

ルルタが憎らしい。何も生み出さず、ただ搾取《さくしゅ》し続ける。搾取する方法までをも、全て支配下にある者たちに考えさせる。

暴君とすら呼べない理不尽《りふじん》な存在。こんなものがこの世にあることに、ユキゾナは怒りを覚える。

「お兄さま、この後、どうなさるのですか」

「ルルタ次第だ。お前も、考えておけ」

「はい」

ルルタの怒りを収めるためにはどうすればいいのか、ユキゾナは思いついていない。だが、怒りを鎮《しず》めるためなら命を捧げもしよう。

その時、ユキゾナの足が止まった。何もない迷宮の奥に、立ち込める巨大な存在感。

ユキゾナはきびすを返す。

「戻るぞ。第四封印書庫の入り口だ」

「どうしました？」

「ルルタが、近づいている」

ユーリも、地下から迫ってくる存在感に気がついた。緊張にごくりと喉《のど》を鳴らした。

二人は、第四封印書庫の前に戻った。迷宮のどの道を通っても、地上に行くまでに必ずここを通る。ここで陣取っている限りは、行き違いになるという間抜《まぬ》けな事態は回避される。

ユキゾナは最大級の腐壊波動を放出した。それを、周囲に充満させる。ここを通るもの全てを阻む、即席の結界《けっかい》だ。

ルルタと戦うことは考えていない。あくまでも行うのは話し合いだ。しかしそれでも、最低限の防御だけはしておきたかった。

二人は静かに、ルルタを待ち続ける。

(ユキゾナ＝ハムローか)

しばらくすると、頭の中で声が響いた。思考共有だ。ミレポックのものではない。ルルタ＝クーザンクーナも、思考共有を使えることはすでに知っていた。

(何をしに来た)

「ルルタ＝クーザンクーナに尋《たず》ねたい」

ユキゾナは、思考を送り返すのではなく口で言った。ルルタには、思考共有だけではなく、超知覚の能力も保持している。聞こえているはずだ。

「どうして終章の獣を動かした。これでは、武装司書が崩壊してしまう」

（そうだ。武装司書は、もう必要ない）

ぞくりと、ユキゾナの背中が震えた。だが、怖じ気《おけ》づいてはいられない。なんとしてでもルルタを説得し、武装司書を守らなければならない。

「我々の務めに、何の不満がある。我々は『本』を管理し、あなたに幸いを送り続けてきた。ミンスが新たな神溺教団を動かしている。幸いの『本』は、これからも捧げ続けられるはずだ。

何も不満はないはずだ」

（……………ふふ）

思考共有の向こうで、かすかに笑うのが伝わってきた。

威圧感が、徐々《じょじょ》に大きくなっていく。ルルタが、近づいてきている。背後ではユーリが震えている。

ただ、ただ、恐ろしい。おそらくは、一般人がルルタに向き合ってもこうまでは恐れを感じないだろう。だがユキゾナは、世界最強の戦士の一人だ。自信の拠《よ》り所である戦闘力が、この相手には全く無意味だ。それに恐怖を感じずにはいられなかった。

（ユキゾナ。恐れる必要はない。楽にしなさい）

と、妙に優しい思考をルルタは送ってきた。恐怖に耐えていたユキゾナは、現在の事態も忘れて安堵《あんど》しそうになる。

（君たちは、よく働いた。君にも、ミンス＝チェザインの働きにも、不足などない）

「…………！　だったら、なぜ⁉」

あるいは落ち度を指摘《してき》されるほうが、楽かもしれない。失策を償《つぐな》えば、いいのだから。

何も不足はないというのに、ルルタは武装司書を滅ぼそうとしている。これの意味すること
が、ユキゾナは理解できない。

（楽にしろ。戦うのは無意味だ）

ユキゾナは思わず叫ぶ。

「待て、ルルタ。反逆者がいたのか⁉　反逆者を止められなかった落ち度を、責めているの
か？」

（反逆者、エンリケ＝ビスハイルのことか）

オリビアの背後に、やはり黒幕はいたのだ。エンリケ＝ビスハイルならば、反逆を企《くわだ》てるこ
とも理解できる。

「反逆者は、今すぐに潰す。それで、問題はないだろう」

ユキゾナは言う。だが、予想を超えた反応が返ってきた。

（そういえば、そんな男もいた。些細《ささい》なことだ）

全く、理解できない。ならばなぜ、武装司書を滅ぼそうとする。

その時、声が聞こえた。思考共有ではない。ユキゾナの前、数十メートルのところからだ。

「もう、やめろ、ユキゾナ」

高く、透き通るような声。男とも女ともつかない、中性的な声色《こわいろ》だった。

「戦いをやめるか、そうでなければ死ぬべきだ」

ユキゾナは絶叫と同時に、腐壊波動を放射した。迷宮を構成する岩が崩《くず》れ、砂になっていく。ルルタへの攻撃が、命取りになることはわかっている。それでも、攻撃せずにはいられなかった。

崩落《ほうらく》した迷宮に、もうもうと上がる土煙《つちけむり》。その中でユキゾナは、ユーリの姿を探した。とっさに放ってしまった一撃に、ユーリの安全を確認する暇がなかった。

「ユーリ！」

土煙の中で、何かが倒れる音がした。人間が、倒れる音だ。ここに存在する人間は、ユキゾナとユーリと、ルルタしかいない。

つまり。

「ユキゾナ。力に、なおもしがみつくか」

前方から聞こえてくる声は、ルルタの声。つまり、今倒れた人は。

「悲しいな。守るために、戦うのは。戦うために強くなるのは。愛する者を誰も害さないのなら、力など要らないのに」

ルルタの声が、耳に入ってこない。ユキゾナの目は、背後に向けられている。うつ伏せに倒れるユーリに。

「……ユーリ」

外傷はない。しかし、呼びかけに応《こた》えはない。

この時が来るのを、覚悟していたはずだ。ここに連れてきた時点で、あるいは、武装司書にしたときに。ユーリが自分を残して死ぬ時を、覚悟してきたはずだ。

しかし、覚悟は現実の前に無力だった。

「ユーリィ！」

ユキゾナが叫んだ。この時は、武装司書の務めすら忘れた。

ルルタに突進する。

両手に、凝縮《ぎょうしゅく》した腐壊波動を纏《まと》わせた。土煙の向こうにかすかに見える人影に向けて繰り出した。腐壊波動を、手から直接叩き込む。

ユキゾナの手が、何かに触れた。腐壊波動が、敵の体を破壊する感触はなかった。伝わってきたのは、冷たい素肌《すはだ》の感触だ。最大の攻撃は、あっさりと無効化され、ルルタに触れただけで終わった。

目の前に、ルルタ＝クーザンクーナの顔があった。初めてユキゾナは、ルルタの顔を見た。

次の瞬間、額《ひたい》に手が当てられ、ユキゾナの視界は塞がれた。

「……………何を、するつもりだ、ルルタ。武装司書を滅ぼして、どうするつもりなんだ？」

自らの死を前に、ユキゾナが訊いた。悲しそうに、ルルタは答えた。

「世界を滅ぼす」

瞬間、ユキゾナの視界は暗転した。

ユキゾナは当然のこととして、死を予想していた。しかし、どうやら違うようだ。眠りに落ちていくような、心地よさと安らぎを感じる。

視界は閉ざされ、感覚は遮断《しゃだん》されていく。その中で頭は明晰《めいせき》に動いていた。

心の中に変化が起こるのを感じた。

長い間、武装司書の使命を胸に、生きてきた。その使命感が消えていく。武装司書など、もうどうでもよくなっていく。

ルルタは、世界を滅ぼすと言っていた。この世界を守らなければならないはずだ。しかし、その気持ちも消えていく。

死にたくない、生きたいという、当たり前の気持ちすらなくなっていく。

死ぬことも生きることも、戦うことも守ることも、何もかもどうでもいい。関係のないことだ。知ったことではない。

敗《やぶ》れたこと、務めを果たせないことが、少しだけ悲しかった。その悲しみすら、消え失せていく。

あらゆる望みが消え失せて、ユキゾナはとても穏《おだ》やかな気持ちになった。

「苦しみの中で、死なせたくはない。長い間働いた君たちへの、唯一《ゆいいつ》の贈り物だ」

頭の上で、ルルタが呟くのが聞こえた。

「『涙なき結末の力』。名付けるとしたら、そんなところか」

なぜ、世界を滅ぼすのか。その疑問もかすかに湧《わ》いた。しかし、それもどうでもよくなっていく。

ユキゾナは、目を閉じた。

最後に案じたのは、ユーリのことだ。

苦しんで死ぬのではなく、自分と同じように安らかに死んでいてほしい。最後にそれだけを思い、ユキゾナの意識は安らかな闇《やみ》へ消えた。


まだ、土煙の立ち込める迷宮の中。ルルタは一人立っている。足元には、ユキゾナの体。死んではいないが、生きてもいない。安らかな結末の中に落ちている。

離れたところにユーリがいる。同じく安らかに眠っていた。

彼らを見下ろしながら、ルルタが呟いた。

「不思議なものだ。武装司書など、無能者の集団と二千年もの間、思っていた。だが、滅ぼすと決めた今、理解できる。彼らは、よくやっていたのだな。僕のために、そして、世界の人々のために」

ルルタは上を見上げる。

「くだらぬ、くだらぬと思い続けてきた世界も、今となっては、愛おしい。僕も、やはり人間なのだと、思い出す」

ルルタが指を動かした。ユーリの体が宙に浮き、ユキゾナの横に優しく下ろされた。兄妹は寄り添い、眠り続ける。

「ここは冷える。暖かくしていなさい」

そう言ってルルタが、細い指を動かす。白い鳥の産毛《うぶげ》が、空中に突如《とつじょ》として出現した。産毛は舞い落ちて、ユキゾナとユーリを包み込む。

「安らかに、死ぬまでの、僅《わず》かな時間の間でも」

そう言ってルルタは、また歩き出す。

「さて、滅ぼすとしよう。この、くだらぬ世界を」

ハミュッツのいる館長代行執務室、そしてミンスの神溺教団本部のデスクに、ルルタからの通達が書かれている。そこには、世界を滅ぼす理由が簡潔に記されていた。

『飽《あ》き果てた。待ち続ける日々の長さと、この世界に生きる全ての人に』

第四章　嘘つきたちの末路

　ハミュッツは、触覚糸《しょっかくし》でユキゾナが倒れたのを感じていた。しかし、ハミュッツは執務室から動かず泰然《たいぜん》としている。

　ルルタがゆっくりと迷宮を歩いているのが伝わってくる。地上にたどり着くまで、まだ時間はある。武装司書の皆に、真実を伝えるには十分だ。

　ハミュッツは電声機に向けて語りだす。

「さて、武装司書の体制は完成し、世界は一応平和になったわ。このままでいけばありがたかったんだけど、二度目の危機がやってきたわ。

　ルルタが、飽《あ》きてきたのよ」

　武装司書たちは第六書庫で呆然《ぼうぜん》と、ハミュッツの話に聞き入っている。ユキゾナの敗北など知りもしない。

「ルルタがバントーラ図書館の館長になってから、五百年が過ぎたわ。人間の生活や幸せなんて、結局大差ないのね。同じような『本』を繰り返し繰り返し捧《ささ》げられれば、誰だって飽きるわよねえ。

だけど、ルルタが飽きるってのは世界の滅亡を意味するわ。

だから、武装司書は策を考えた。特定の人物に狙《ねら》いをつけて、その人を幸福にするために活動を開始した。

武装司書は原始的な狩猟《しゅりょう》をやめて、牧畜《ぼくちく》を始めたってわけね。飼うのは牛や馬じゃなくて人間。生産するのは美味《おい》しいお肉じゃなくて幸福だけど。

最初は『バントーラに見出《みいだ》されたもの』と称しておおっぴらにやってたわ。だけど次第《しだい》に、選ばれなかった人に不公平感が広がってきたので、こっそりやることになったわ。

なんだか、誰かさんたちに似てるわねえ」

ハミュッツは笑う。

「そりゃあ大変だったのよ。

人間の欲望ってのは限りないからねえ。やれ美味しいものが食べたい。やれいい女よこせ。あいつむかつくから殺せ。だけど、従うしかなかったわ。幸福を生み出さないと、ルルタに殺されちゃうんだもの。

なんだか変な話よねえ。それならルルタに直接奉仕すればいいのに。ま、どうでもいいんだけど」

ルルタも、この話を聞いているだろう。どんな気持ちなのだろうかと、ハミュッツは思った。

「そんなことを続けているうちにとんでもない奴《やつ》が現れたわ。

肉林公《にくりん》カリアス＝バレア。当然みんなも知ってるわよねえ」

知らないわけがないだろう。神溺《しんでき》教団の名前が最初に知れわたった事件である。

「とんでもない男だったわ。異常性欲と権力欲の塊《かたまり》。もうね、言うも吐き気、語るも鳥肌《とりはだ》。さしものわたしもこいつがやったことはドン引きよねえ。なにしろ女の子と男の子を八人ずつ並べて縛《しば》りあげた挙句《あげく》……ああ言えない言えない。

そんなわけでこいつはあまりにもやりすぎたのよ。とにかくこいつを生かしておくのはどう考えても無理だったわ。平和を守る武装司書というより、もう人間として無理だわ。

殺すしかなかった。そして、こいつは邪悪の教団、神溺教団の一員であると公表したのよ」

神溺教団の名前が、初めて出てきた。武装司書たちに動揺が走る。

「はっきり言えば、この時の神溺教団の名前ってのは口からでまかせだったのよ。

だけど、後《のち》の時代になって神溺教団の存在ってのが実に都合が良いことに気がついた。

神溺教団を組織すれば、ルルタに捧げる『本』を簡単に作れるわ。欲望を肯定し、あらゆる手段をもって幸福を追い求める教団ってのは使えるわ。

それに、何か困ったことが起きたら、全部神溺教団のせいにしちゃえるってことよ。

そんなわけで、武装司書は神溺教団を作り出したわ。あらゆる欲望を肯定するという、偽《にせ》の教義《きょうぎ》を作り出した。ルルタを神に祭り上げて、ルルタに食われることを天国に行くと言い換えたわ。

そして、武装司書の中でも頭が良い奴を、代々の楽園管理者に命名した。

こんなわけで、神溺教団は誕生したの。表向きは……これすらも裏だけど、欲望を肯定する邪教。真実は、ルルタに捧げる『本』を生み出す家畜の生産者としてね。

もちろん、世界の人々にも、一般の武装司書にも真実は秘密よ。歴代の館長代行はがんばって、神溺教団の秘密と、ルルタの秘密を守ってきたのよ」

ハミュッツは、ここで話を切り上げようかとも思ったが、一応まだ続けることにした。

「この先は説明要《い》るかしらね。神溺教団のおかげで、ルルタに捧げる『本』の心配はいらなくなったわ。館長代行に庇護《ひご》されながら、神溺教団はせっせと幸福な人の『本』を生み出したわ。

ただし、時々やりすぎる真人《しんじん》も現れたわ。欲望を追い求めるあまり、武装司書に反逆する者も出てきたわ。そいつらを、武装司書は粛清《しゅくせい》していった。

神溺教団を生み出したのは、武装司書だって事実は隠したままでね。

みんなも知ってるわよねえ。闇王《やみおう》カヴォートフォンとの一年戦争、闘鬼《とうき》ホホロと当時の館長代行の一騎打ち。バントーラ図書館を我が物にしようとした王たちの反乱、通称七王大乱。常《とこ》笑《わら》いの魔女シロンと道化魔術師ワイザフ。

これらはおそろしいほどの犠牲《ぎせい》を生んだわ。だけどわたしたちは、神溺教団をなくすわけにいかなかったわ。ルルタに『本』を捧げるためには、それしかなかったから。

神溺教団の反逆ってのは、全《すべ》て暴走した真人や関係者のやったことなんだけど、唯一《ゆいいつ》の例外が、カチュア＝ビーインハスよ。あいつは楽園管理者のくせに、武装司書と戦ったわ。

あの男は心底《しんそこ》からルルタに心酔してたらしいのよね。全世界の人を、神溺教団の信徒にするのが彼の目的だったらしいわ。全ての人間がルルタに仕《つか》え、ルルタのために生きるのが幸福だとか考えてたらしいわ。

何考えてるのかしらねえ。たぶん馬鹿《ばか》なんでしょうね、まあこいつについてはどうでもいいわ。

もちろん今も、神溺教団は存続しているわ。滅んだと見せかけてね。あなたたちを騙《だま》すのには、苦労したのよ。マットアラストが寝ずにがんばってくれたんだから。

今も、ミンスが神溺教団の総帥《そうすい》になって毎日がんばってるのよ。

さて、歴史の授業はこれで終わり。みんな、ちゃんとわかったかな？」

ハミュッツは、触覚糸で武装司書たちの様子を探る。全員、何がなんだかわからないという表情だ。

出来の悪い子ばかりだわねと、ハミュッツは笑った。だけど、出来の悪い子ほど可愛《かわい》いものだ。

「じゃあ、肝心要《かんじんかなめ》のことを話しましょうか。今、どうなっているかってことよ」

この言葉に、武装司書たちが一斉に表情を変えた。やっと期待していた話が聞ける、という顔だ。

「わたしも、詳《くわ》しいことはわからないんだけどね。

ルルタは、とうとう本格的に飽きたらしいわ。神溺教団が捧げる『本』にも、その他の全ての『本』にもね。どんなおもちゃでも、二千年もたてばいくらなんでも飽きるわよねえ。

そんなわけで、ルルタは世界を滅ぼすことにしたみたいなの」

武装司書たちの反応は薄い。世界を滅ぼすという言葉が、非現実的すぎて受け入れられないのだろう。

「始めからこの世界は、ルルタが飽きれば終わりだったのよね。まあ、長持ちしたほうよね。

というわけで、武装司書は終わり。この世界もおしまいよ」

ハミュッツは、最後の締めくくりをする。

「みんな、もう好きにしていいのよ。戦う必要なんてないわ。無駄だから。

残った時間は、まだ少しありそうだから、思い残すことのないようにしなさいな。ま、美味しいものを食べたり、お酒を飲んだりするもよし。家族に会いたいとか、好きな相手に告白するとかでもいいし。悪いこともいくらでもやっていいわ。

それじゃ、さよなら。今までお疲れさまでした」

ハミュッツは、電声機のスイッチを切った。


長いこと沈黙が流れた。ハミュッツが、電声機を切ったと気がついたのは、それから数分後のことだった。

「……なんなんだ？」

どこかで声が上がった。言ったのは誰だろう。誰でも構わないだろう。皆が同じ気持ちなのだから。

ミレポックは辺《あた》りを見渡す。心の整理がついている者など一人もいない。

衛獣《えいじゅう》が襲《おそ》ってくるのが、異変の始まりだった。それだけでも意味がわからないのに、ハミュッツがさらに意味のわからないことを言った。

今日で武装司書は終わり。全員が解雇《かいこ》。

武装司書の存在意義は、ルルタという男に『本』を捧げること。神溺教団は武装司書の下部組織で、今はミンスが新しい楽園管理者。

そして、世界が今日で終わるということ。

それを聞かされて、自分たちはどうすればいい。残された時間を楽しめといわれても、できるわけがない。

「代行、なんなんですか?」

ミレポックは呟《つぶや》いた。ハミュッツは、わたしたちが困るのを見て楽しんでいるのではないか。その想像は、外れてはいないような気がする。

ただ、ミレポックにとって恐ろしいのは、ハミュッツの説明が、実にしっくり来ることだった。ずっと前から感じていた、バントーラ図書館には秘密があるという予感。納得できなかった神溺教団の正体。そして、襲いかかってくる衛獣たちの正体。

ハミュッツが言っていることが、事実だと理解できる。だからこそ、恐ろしい。

「私たち、どうすればいいの?」

武装司書として何をなすべきか、ミレポックは考える。だが、ミレポックはもう武装司書ではなくなるのだ。

ユキゾナに思考を送ろうとする。しかし、繋《つな》がらなかった。おそらく、もう倒れているのだろう。

「どうすればいいんですか？」

ミレポックは呟きながら、さらに思考を送る。誰よりも頼りにしていた、マットアラストに。

あの人なら、どうすればいいのか教えてくれると信じて。


その時、マットアラスト＝バロリーは迷宮の中を走っていた。場所は、衛獣たちの消え失《う》せた第三封印迷宮である。

「……くそ！」

マットアラストは、吐き捨てるように言う。体が思うように動かない。圧倒的な体術を誇る彼とは思えないほど、鈍重《どんじゅう》な走りだった。

太股《ふともも》が、大量の血に染まっている。ズボンに数箇所、焼け焦《こ》げのような穴が空《あ》いている。マットアラストは自《みずか》らの銃で太股を打ち抜いたのだ。

「……うっ」

目を押さえてうずくまる。出血によるめまいではない。ルルタにかけられた、『涙なき結末の力』の残滓《ざんし》である。彼は『涙なき結末の力』を力ずくで撥《は》ね退《の》けたのだ。

この日の朝、マットアラストは『本』を持って第二封印《ふういん》書庫に降りてきていた。目的は、天国に『本』を捧げることだ。第六書庫の『本』から、捧げられるものを選び出していた。

ミンスの神溺教団が『本』を生産するまでには、まだ時間がかかる。数年か、もっとかかるかもしれない。その間はバントーラ図書館から『本』が紛失する事件が、年に数度のペースで相次ぐだろう。

「増産を急がせなければな。ただの『本』で、ルルタがどれだけ満足してくれるかわからないしな」

そう言いながら、マットアラストは第二封印書庫に入った。この時点で、異変の兆《きざ》しはあった。最後に『本』を捧げたのが、半年ほど前。その間、放置していたのだから、樹木はざわついているはずだ。だが、透明な枝は穏《おだ》やかなままで、物音一つしなかった。

「さて、本日の献上品《けんじょうひん》でございますよ、と」

マットアラストにも、ルルタへの畏敬《いけい》の心はない。持てというほうが無理だろうし、ルルタもそんなものを求めてはいないようだ。マットアラストは冗談めかした口調で言いながら『本』を樹木に近づける。

「本日のメニューは、あの憧《あこが》れの大女優キャティ＝ターナを妻にしやがった幸せ者。とびきり極上の一品ですよ」

一年前、神溺教団と戦っていたころ、これを倒そうとしたことがあった。あの時の気持ちは、もうない。戦いの疲れが生んだ、気の迷いなのだろう。

カチュアのような愚《おろ》か者が現れない限り、神溺教団が正常に機能している限り、これは無害なものだ。時折『本』を与えてやれば大人しくしている。そんな存在だ。

「……」

マットアラストは、首をかしげる。『本』は粉々《こなごな》になって、樹木に吸収されるはずだ。何も起こらないのはどういうことだろう。

「選びなおし、ってことかな」

初めての経験だが、そういうこともあるのだろう。大女優キャティのプライベートが見られる、シネマファン垂涎《すいぜん》の一冊だ。ルルタに捧げるのが惜《お》しくもあった。

「面倒《めんどう》だな、やれやれ、うんざりだぜ」

マットアラストは、振り向いて書庫を出ようとする。

(君もか、マットアラスト＝バロリー)

誰かの声が聞こえた。

その瞬間、マットアラストは二秒後のことを予知していた。マットアラストは、とっさに振り向こうとする。しかし体が、石像の中に閉じ込められたように動かなくなる。

予知した未来を避けるために、マットアラストは別の行動をとる。振り向かず、右に大きく跳《と》んだ。だが、予知したとおりになった。振り向こうとも、横に動こうとも、関係なかったのだ。

(僕も、うんざりだ)

また、頭の中で声が聞こえた。これはルルタの声なのかと、マットアラストは思った。

マットアラストは拘束《こうそく》され、指一本動かせない。後ろで何が起きているのか、確認することもできない。だが、予知能力だけは動き続けている。二秒後、何が起こるのかだけはわかる。

拷問《ごうもん》のような沈黙は、あっけなく途切れた。

背後から、マットアラストの頭に手がかかった。帽子が取られた。そして、頭に手が触れられた。

(君に、『涙なき結末』を)

頭の中に声が響く。そして、マットアラストは生きる心を奪われた。ルルタが目覚めた驚きも、この先に起こる恐るべき事態も、全てどうでもよくなった。自分が死ぬなら死ねばよく、世界が滅ぶなら滅べばいい。

そう思いながら、マットアラストは倒れていた。


本来ならば、マットアラストはずっと倒れたままだっただろう。

しかし、ミレポックからの思考共有でマットアラストは意識を取り戻した。終章の獣《けもの》が第六書庫に進撃し、かろうじて武装司書たちが迎撃《げいげき》をしている時だった。

(マットアラストさん！　今どこに!?　緊急召集ですよ)

その言葉が頭に響いてきた。邪魔をしないでくれとマットアラストは思った。今とても安らかな気分なのだから。

(……ミ、レポか？)

反応できたのは、緊急召集という言葉があったからだ。『涙なき結末の力』に、武装司書としての長い習性が、わずかに勝った。

だが、反応できただけだ。目を覚ますことも戦うこともできない。

(……マットアラストさん？　どうしたんですか)

(……ミレポ？　何が起きてる？　上では……戦ってるのか？)

(衛獣が、暴走しているんです。迷宮から出てきています。現在、武装司書が総出で防いでいるところです)

マットアラストは理解する。ルルタが、武装司書を滅ぼそうとしているのだ。あるいは世界を滅ぼすつもりかもしれない。

だが、どうでもいい。どうでもいいと思わせる力が、『涙なき結末の力』だ。

(どうしたんですか！　マットアラストさん！　今どこに⁉)

(ミレポ……すまない……)

意識が闇《やみ》に落ちていく。

しかし次の瞬間、マットアラストの手が動き、銃を抜いた。無意識のうちに引き金を引き、自分の足を撃ち抜いた。意識を保たなければ、二度と闇から浮かんでこれない。

このまま、倒れているわけにはいかない。マットアラストは自分の足に、何発も銃弾を打ち込む。痛みで、自分を取り戻そうとする。

マットアラストは思う。

寝ていることなど許されない。俺は、少なくとも、楽に死ぬことだけは許されない。楽に死ぬな。そう自分に言い聞かせる。何発銃弾を打ち込んだのか、わからない。やがて、倒れていたマットアラストの目が開いた。

周囲を見渡す。あの樹木がない。ルルタは動き出したのだ。おそらくは、地上に向けて。

「上、か。行かなくては」

『涙なき結末の力』で、思考が上手《うま》くまとまらない。足は痛み、体は重い。

しかし、マットアラストは走り出す。


マットアラストは全力で、封印迷宮を上っていく。今、終章の獣に襲われたらひとたまりもないが、封印迷宮はもぬけの空《から》になっていた。

しばらく走ったころ、またミレポックが、思考共有を繋いできた。

(マットアラストさん、聞こえていますか？)

(……………ミレポックか)

マットアラストは、外の状況を訊こうとする。しかしその前に、ミレポックの悲痛な思考が送られてくる。

（わたしたち、どうすればいいんですか？）

（……状況を、説明しろ。上ではどうなっている）

（衛獣が迷宮の外に出ようとしています。結界《けっかい》を張ってかろうじて防いでいますが、どれだけ持つかわかりません。ユキゾナさんが、事態の解決に動き出しましたが、連絡がありません）

（それだけか？）

マットアラストはさらなる説明を求める。ルルタはまだ地上に達していないのか。それに、ハミュッツはどうしている。

（代行が、戦いに加わってくれないんです。それどころか、武装司書はもう終わりだといっています）

「なんだと!?」

思わず、声が出た。

（代行が、説明をしました。ルルタという男がいて、それが本当のバントーラ図書館館長だと。ルルタが世界を滅ぼそうとしていると）

（本当に言ったのか、そんなことを）

（はい、本当なんですか、マットアラストさん。ルルタは実在するのですか？　私たちはずっと騙されていたんですか？）

ミレポックは、哀願《あいがん》するように尋《たず》ねてくる。嘘《うそ》だといってほしいと、言外に伝わってきた。

しかし、マットアラストは真実を知っている。もう騙せないこともわかっている。

(……そうか、知っちまったか。ハミのやつ、全部ばらしちまったか)

(そんな!)

頭の中に響く声。

(じゃあ、じゃあ、代行が言うように、本当に世界は滅ぶんですか?)

(……)

マットアラストには、何も答えられない。

(どうすればいいんですか、指示を出してください、あなたが何も言ってくれないと……)

悲痛な懇願《こんがん》に、マットアラストは歯嚙《はが》みする。皆のために、考えなければならない。ハミュッツが戦いを放棄《ほうき》し、ユキゾナが倒れた今、マットアラストしかいない。

しかし。

(わからない。俺にも、もう、どうすればいいのか……)

そうとしか、答えられなかった。

(ひどい、マットアラストさん。あなたが、そんなこと言ったら、わたしたち、どうしようもないのに)

ミレポックの思いが、マットアラストにも伝わってくる。

俺は、こんなに信頼されていたのかと、初めて知った。マットアラストは、サボリ魔で女たらしの、どうしようもない男だ。そんな俺を、ミレポックは頼りにしていたのか。

だが、何も浮かばない。ルルタが動き出した今、対抗する手段は何一つない。それを痛いほど知っている。

（すまない、ミレポック……すまない）

（そんな……）

思考共有が切れた。

「くそ！　考えろ、マットアラスト、どうするんだ！」

静かな迷宮の中に、マットアラストの声がこだまする。答える声はない。

マットアラストは全力で走り続ける。第四書庫の前で、ユキゾナとユーリの姿を見つけた。

羽毛のベッドに包まれ、安らかに倒れている。

「ユキゾナ、ユーリ、動け。意識を取り戻せ！」

揺り起こし、頬《ほお》を叩《たた》く。しかし、何の反応もない。マットアラストは諦《あきら》め、なおも先へと進む。

「俺が、やらなきゃいけねえ。もう、俺しかいない」

どうしようもないことは痛いほどわかっている。それでも、進まなければならない。

そのマットアラストの脳裏《のうり》に、今までの人生が浮かんだ。

天才。武装司書の最強クラスに上りつめた者たちは皆、例外なくそう呼ばれる。

天才とは努力をせずに強くなれる者ではない。努力と研鑽《けんさん》の果てに、凡人《ぼんじん》ではたどり着けない領域に達する者を天才と呼ぶ。天才は、凡人以上に努力を重ねるものだ。非凡な才能を花開かせるには、非凡な努力を要するからだ。

しかし、例外の中にも、さらなる例外がいる。

研磨《けんま》を必要としない才能。生まれながらに持ち、何もせずとも開いている才能。

マットアラストは、その持ち主《ゆいしょ》だった。


彼は八百年ほど前から続く、由緒《ゆいしょ》ある家系に生まれた。代々武装司書を輩出し、祖先には館長代行まで上りつめた者も片手に余る。

そのバロリー家も、近年は凋落《ちょうらく》の一途《いっと》を辿《たど》り、ついには武装司書一人も現れないという事態に至《いた》った。その中で、救世主とも呼ぶべき子供が、マットアラストだった。

魔術審議を始める前に、すでに能力は群を抜いていた。体術、射撃、剣技に並ぶ者はなく、学業も一度教科書を読めば要点は全て把握《はあく》できた。

魔術審議を始めてから、わずか数カ月で肉体強化の魔術は身についた。それから半年で、予知能力も完成した。他人と違うカリキュラムをこなしたわけではない。他の皆と同じ努力で、他の皆の数倍の成果を得た。

あっという間に研修を終えて、見習いに。その直後に昇格を果たした。十五歳での武装司書昇格は、史上最年少の記録である。

しかし、マットアラストはその才能を、幸福に感じたことはない。

彼は、当たり前のように素行《そこう》を崩《くず》した。

十六歳の時。

マットアラストは、館下街の裏手にある酒場にいた。落書きだらけの階段を降り、重い扉をくぐった先の、柄《がら》の悪い酒場だ。煙草《たばこ》の煙に息もできず、怒鳴り声とけたたましい笑い声に、話もできないような酒場だ。

中央の汚いソファにマットアラストは座っていた。上半身は裸《はだか》だ。長髪を束ねて背中に流し、赤や青のペンキをぶちまけたズボンをはいている。周囲には、品行の悪い学生や、娼婦《しょうふ》に自称芸術家。そのほかに見習い崩れや研修生が集まっている。

「ねーえ、マット。帰ろうよう、うち行こうよう」

名前も忘れた女が、マットアラストに寄り添ってくる。こいつは誰だったかなと思いながら、マットアラストは紙巻煙草の煙を吐いた。

「おう、行くか」

誰でも良いかとマットアラストは思った。席を立とうとした瞬間、二秒後に起こることに気がついた。

「いや、無理だな」

「は？」

鉄のドアが蹴《け》り破られて、店の中央に転がった。それと同時に、周囲の動きがぴたりと止まった。ご丁寧《ていねい》に、煙まで動きを止めている。この能力は、武装司書なら誰でも知っている。

「イレイアおばちゃん、いらっしゃい。ご注文はなんでしょうかね」

マットアラストは笑いながら言った。

「とりあえず、あなたの鼻血?」

入ってきたのは、一級武装司書で教育係のイレイア=キティである。つかつかと、近づいてくる。マットアラストは彼女の能力で、下半身を固定されていた。見事な平手打ちが鼻面《はなづら》に飛んできたが、避けようがなかった。

「さて、どうしましたかね。おばちゃん」

マットアラストは平然としている。両鼻から息を吹き、血を辺《あた》りに飛び散らせた。

「よくもまあ、悪びれずにいられるものね。フォトナさんの、館長代行就任式まですっぽかすとは思わなかったわよ」

「俺あの人のこと嫌いなんで」

鼻血で煙草の火が消えてしまった。新しいのを取り出して、火をつけなおす。

「面倒くさいんですよ、あの人。才能ないから努力努力努力。それればっかり」

「さすが天才児は言うことが違うわね」

二発目は横面《よこづら》に来た。頭の中で、ジーンという音がした。

「イレイアさんには負けますよ。いくら俺でも昔のあなたには勝てっこない」

「それが何?」

もう一発、耳に来た。耳の中で嫌な破裂音がした。血の出た耳の穴を掻《か》きながらマットアラストが言う。

「さて、イレイアさん。そろそろ帰ってくれませんか。いくらなんでも鼓膜《こまく》まで破けば十分でしょ」

「片方残してるのよ。話できなくなっちゃうからね」

治るまで三日はかかるなと、マットアラストは耳の血を拭《ぬぐ》いながら思った。

「じゃ、もう片方も破いて帰ってください。俺、この後予定あるんで」

イレイアは無視して、マットアラストの前に座った。

「ねえ、マットアラスト。率直《そっちょく》に訊くわ。あなた、何が不満なの？」

「不満ねえ、特にないんですけども」

阿呆《あほう》な話をするもんだとマットアラストは思った。不満をぶちまけて更生《こうせい》できるなら不良なんかやってない。

「どうにも、くだらないからかな」

「それは、自分以外のみんなが？」

才能がない人間を、見下しているのだとイレイアは考えているのだろう。それとは違う。

「いや、俺含めて、全体が」

「………」

イレイアは、不愉快《ふゆかい》そうに顔をしかめた。誇り高い彼女にとって、武装司書の侮辱《ぶじょく》は許しがたいのだろう。

「武装司書は、あらゆる『本』と世界の平和の守護者よ。それがくだらないなら、他のどこにくだらなくない仕事があるの？」

「ん、思いつきませんね」

「……………こういうこと言いたくないけど、あなたは生まれつき人より優《すぐ》れた人間なのよ。その誇り、いつになったら持ってくれるの？」

誇りか。そんなもの、自分にはない。

「優れてますかね、俺が」

マットアラストは煙草を灰皿に押しつけた。

「才能だ才能だ言いますけどね。誰だか知りませんが、頼んでもねえのに、俺に才能とかいうのを押しつけてきた。それだけですよ。

才能を持ってるのがたまたま、俺だったってだけ。俺が特別なんじゃない。俺の体に放り込まれた才能が特別なんですよ。そうは思いませんかね」

「馬鹿な悩みね」

イレイアは、鼻で笑った。心の底から馬鹿にしている。

「切実なんですけどね」

「あらそう。だから何？」

たしかに馬鹿な悩みだが、マットアラストは彼なりに切実である。自分の人生は、才能とかいうものに、転がされていく。自分は一生、この才能の付属物でしかないような気がするのだ。

「だから、武装司書はくだらないと。そういうのね」

「ええ。くだらないです。本当に」

自分のようなくだらない男が、生まれつき持っていた人殺しの技術。そんなものを求めて、必死に訓練を重ねる人々。そんなものが上手いというだけで、神の代理人を気取る武装司書。

どうにも、くだらなく思えてしょうがないのだ。

「ま、子供の戯言《ざれごと》ね。そのうち忘れるわ。大人になったら、恥《は》ずかしくて思い出したくもない過去になるのよ」

「でしょうね。あと三、四年待っててくださいよ」

イレイアは言葉どおり、もう片方の鼓膜も破き、出て行った。マットアラストはとりあえず、女の家に行く前に、病院に行くことにした。

マットアラストの悪行《あくぎょう》は、その後もしばらく続いた。

しかし、十八歳になると多少は落ち着いてくる。不良であることには変わりはないが。

バントーラ図書館裏手の訓練場。その日は、武装司書ビザクを教官に、見習いや若い武装司書らが訓練を行っていた。

マットアラストが顔を見せると、ビザクは嫌な顔をした。サボリ魔の彼がいるだけで、訓練が引き締まらなくなる。

その上、今日は一人の少女を連れてきた。そばかすだらけの、冴《さ》えない少女だった。着古した綿《めん》のシャツと、黒いスカートだけ。化粧もろくにしていない。

「まあた別の娘かよ、マットアラスト」

と、訓練をつけていた武装司書のビザクが言った。遊びがてらに女の子を連れてくるのは珍《めずら》しいことではない。

「あんまり、お前のタイプではなさそうだな」

とビザクが言った。

彼は利発《りはつ》な、大人の女性が好みのはずだ。今連れている少女は、一番嫌いなタイプではないのか。田舎《いなか》臭い格好《かっこう》も、もの珍しそうに彼らを見る様子も、頭がよさそうには見えない。

「まあ、見た目はつまらない子ですが。なかなか面白《おもしろ》いですよ」

「ふん、わしには関係ないがな」

ビザクは興味を見せずに言う。マットアラストは心の中で笑った。今日は楽しいことになる。

「どこの子だ？」

「ランダーさんの仕立て屋ありますよね、あそこで働いているお針子です」

館下街にある、武装司書御用達《ごようたし》の仕立て屋である。マットアラストがよく利用している店だ。後《のち》にこの店で、レナス＝フルールとオリビア＝リットレットが働くことになるが、このことは今は関係ない。

「ふむ、名前は？」

ビザクが聞く。マットアラストの後ろで、少女が言った。

「ハミュッツ＝メセタ」

ビザクがため息をつきながら、その少女に言う。

「おい、お嬢。こんな男についてきちゃだめだぞ。頭がどんどん悪くなっちまうからな」

ハミュッツという少女は、首をかしげながら言った。

「ん、よくわかんない」

「ハミ、その辺で邪魔にならないようにしててくれよ」

そう言って、マットアラストは珍しく真面目《まじめ》に訓練を行った。

訓練中、マットアラストはハミュッツと、他の訓練生たちをちらちらと見ていた。ハミュッツは、つまらなそうに彼らの様子を見ている。訓練生たちは、ハミュッツを気に留めない。鈍《にぶ》い奴らだな、とマットアラストは思った。気づいているのはビザクさんだけだ。

「おい、マット。あのお嬢、何者だ？」

ビザクが訓練の手を止めて、マットアラストに耳打ちをする。

「俺も知らないんですよ。ただのお針子ってことしか」

ビザクは鋭い目をして言う。

「最近のお針子は、戦闘も仕事か？」

「さあ、そうじゃないですか？」

ビザクがハミュッツをちらりと見る。ハミュッツは、つまらなそうな顔のままだ。武装司書たちの人間離れした動きを見れば、普通は誰でも驚くものだ。あの表情は鈍いというレベルで済むものではない。

「ねえマット。ここにいる人で全部なのう?」

ハミュッツが、ぼんやりとした口調で聞いた。

「まさか。強い人たちは別のところで働いてるよ」

「そこのおじさんは、働かないの?」

ハミュッツはビザクを指差した。

「馬鹿、この人は訓練教官だよ。見てわかんねえか?」

ハミュッツは不思議そうな表情で見ている。マットアラストは、ハミュッツに近づく。

「ふうん……よくわかんないわ」

「どう思う? ハミ、ここにいる人見て」

ハミュッツは訓練生や見習いを見渡して言う。

「マットが一番強くて、その次はおじさん、わたしがその次かなあ。あとは大したことないや」

見習いたちの動きが止まった。

「いや、俺の見立てでは、お前とビザクさん、互角《ごかく》ぐらいだぜ」

「そうかなあ」

ハミュッツが小首をかしげる。この時、ようやく見習いたちもハミュッツの実力に気がついた。

「おいお嬢、こいつらと立ち合ってみないか？」

挑発《ちょうはつ》するようにビザクが言った。ハミュッツが、マットアラストのほうを見る。

「かまわないぜ、やってみろ」

そう言って、ハミュッツの背中を押した。

最初に、見習いの一人が相手をすることになった。年のかさんだ、伸び悩んでいる見習いだ。ここで実力を見せておこうと思っているのだろう。

「得物《えもの》使うか？」

と、マットアラストが言う。ハミュッツが答える。

「ん？　どっちでもいいよ」

「じゃあなしで。怪我《けが》すると困るからな」

しかし、見習いがそれに反論する。

「使ってくれないかな。武器があれば勝てたなんて、あとで言われても腹立つから」

「だとさ」

マットアラストはハミュッツの荷物を投げて渡した。荷物から、彼女の武器が取り出される。石の入った袋を腰にくくり、右手には革《かわ》の紐《ひも》を持った。今時使う者はいない、古臭い武器に、皆が驚く。

勝負は一瞬でついた。投石器の一撃が、彼のあごを砕《くだ》いた。

「なんだ、あの投石器は」

さしものビザクも驚いている。

「すごいでしょう。遠距離攻撃を見たらもっと驚きますよ」

二人目は銃使いの研修生だ。早撃ちの銃撃を、ハミュッツはのけぞって避《よ》けた。どんな筋力をしているのか、異常な体勢から投石器を振り、二撃目が来る前に下腹部を射抜《いぬ》いた。

「なんだって、あのお嬢はあんな武器を使ってるんだ？」

「さあ。あれしか持ってなかったそうですけど」

「弓矢のほうが、まだしも便利だろう」

とビザクは言う。

「俺も同じことを言いましたよ。そしたら、弓矢って何って聞き返されました」

「……………なんだそれは」

「弓矢を見せてやったら、世の中にはこんな便利なものがあったのかと驚いていましたよ」

「銃は？」

「銃の存在は知ってました。ただ、あまり役に立たないから使いたくないそうです」

ビザクは肩をすくめる。

三人目の見習いは、接近戦を挑《いど》んだ。今までの見習いとは違い、礫弾《れきだん》を上手く避けていく。

ハミュッツは後退しながら戦う。

見習いが止《とど》めの一撃を繰り出そうとした瞬間、剣を持つ手首に紐が巻きついた。嫌な音とともに、ハミュッツが見習いの体を投擲《とうてき》した。

「マット、あの人、壊れちゃったかなあ」

もがく彼に、仲間たちが駆け寄っている。折れた手首の様子を見るに、再起不能ではない。だが、折られた心を立て直せるかは別問題だ。

ビザクが、笑いながらハミュッツに語りかける。穏かな雰囲気《ふんいき》ではない。

「いやあ、お嬢。やるじゃないか。君、武装司書にならないかね」

「マットにそう言われてきたんだけどなあ。お針子もいいけど、武装司書もいいかなって思ったのよねえ」

「そうかい。ありがたいな。しかしだな、お嬢。武装司書になるなら、武装司書の規律に従ってもらわなきゃいけないぞ」

「どういうこと?」

「見習い三人を壊した人には、罰《ばつ》があるということだ。ちと、お痛《いた》が過ぎたなお嬢」

ビザクが、槍《やり》を構えた。槍の先を、ハミュッツに向ける。

「ねえ、マット」

ハミュッツが、この日始めて笑った。

「ここ、楽しいわねえ。来てよかったなあ」

その笑みを見て、誰もが理解した。マットアラストが、この少女を連れてきたのではない。少女が、連れてこさせたのだ。怪物が遊び場を求めてやってきたのだ。

「ああ、楽しくなるぞ、とっても楽しくなる」

そう言ってマットアラストは、けらけらと笑った。とりあえず彼女がいれば、面白くなるだろう。

ビザクとハミュッツは、この時は互角だった。しかし、正規の訓練を始めてから追い抜くまでは二週間。マットアラストに追いつくまでは半年もかからなかった。

ともあれ、それから数年。

イレイアの言葉通り、マットアラストは本当に落ち着いてきた。十八を越えて、馬鹿なことをするものじゃない。鏡を見れば冷静に考えざるを得なかった。マットアラストは決して馬鹿ではない。

とりあえず髪を切り、スーツを着始めた。サボる癖《くせ》は残っていたが、要所要所は締めることを覚えた。

マットアラストが連れてきた怪物、ハミュッツも、当初の予想ほどは問題児ではなかった。常識は足りず、好戦的で手加減ができない。それでも、頭は悪くなく、意外に組織に対しては従順だった。

「言ったとおり、だいぶ落ち着いたじゃない」

イレイアがからかう。

「ですね。やっぱり、年長者の言うことは正しいですね」

「最近は、人望も出てきてるわよ。マットアラストならフォトナさんの後を継げるって」

「あはは、不良がたまにいいことすると、世間《せけん》の目は優しいや」

「がんばりなさいな。私が死んだ後も、武装司書を背負うのよ」

「……ま、給料分働くだけですよ」

イレイアはマットアラストなりの諧謔《かいぎゃく》と受け取っただろう。しかし、本心だった。まともになった今も、武装司書としての誇りはなかった。武装司書になるほかなさそうだから、仕事ぐらい真面目にこなそうと思っただけだ。

単に、現実と妥協《だきょう》しただけのこと。それは成長ではなく、ただの老いに過ぎなかった。


必然的に、マットアラストは秘密を知らされることになる。一級武装司書の資格を得て三年後、武装司書になってから八年後、二十二歳の時だった。

マットアラストは、フォトナに呼び出されたとき、来るべき時が来たかなと思っていた。武装司書に秘密があることは、薄々気がついていた。マットアラストのほかにも、イレイアやビザクなど、ベテランの武装司書は秘密の存在に気がついている。

そして、その秘密は館長代行を受け継ぐ者のみに知らされることも。

フォトナに連れられながら、マットアラストは第二封印迷宮を降りていた。

「マットアラスト。正直、お前に伝えるつもりはなかった。わかっているだろうが、俺はお前が好きではないし、信用もしていない」

率直《そっちょく》な物言いだが、不快ではない。そりが合わないことはマットアラストにもわかっている。

「でしょうね」

「だが、実力があることも確かだ。伝えないわけにはいかない」

マットアラストは、気になっていたことを訊《き》いてみる。

「武装司書の秘密、もうハミュッツには伝えてますよね」

「なぜわかる？」

「なんとなく、ですよ。まあ、俺よりはあいつのほうがましってことですか」

「そうだ。あの女も信用はできんが、お前よりはましと判断した」

二人は第二封印書庫に入る。

樹木を前に、マットアラストは全てを聞かされた。ルルタの存在、武装司書の真の使命、それに、神溺教団の存在。

普通ならば誰もがおののくだろう。信じていた武装司書の正体に衝撃を受け、アイデンティティの危機に至る者もいる。

だが、マットアラストの感想は違った。

「くだらねえなあ」

フォトナに聞こえないように、小さな声で言った。

「最近は多少、図書館ってのもましかと思ってたんだけどな」

この時までは、マットアラストにも多少は、武装司書への敬意があった。それがこの日、いよいよ完全にかき消えた。

ルルタに『本』を捧げるという使命を、マットアラストは拍子抜《ひょうしぬ》けするほどあっさり受け入れた。

樹木を見つめながら、マットアラストは思った。

いっそ、戦ってやろうか。この、糞《くそ》よりもくだらない存在と。心の底で、マットアラストはそのことを考えた。

確かに一度、マットアラストは戦うことを決意した。だが、この時すぐに銃を抜こうなどとは考えなかった。

いずれ、勝てる方法を見つけてからだ。そう考えて、戦意を胸の奥へと沈めた。

迷宮を出ると、フォトナは場所を移ると言い出した。マットアラストは、奇妙に思った。秘密を守るなら、ルルタを前にして語るのが一番のはずだ。

飛行機で、その辺を飛びながら話すという。マットアラストは、まさかルルタを倒す計画でもあるのではないかと思った。ルルタに聞かれたくない話。そう考えるのが自然だろう。

しかし、フォトナの話は別のことだった。

「俺とハミュッツは三カ月前、一人の少女とその仲間を殺した」

「……ほう？」

「本名を言う必要はない。今後、『菫《すみれ》の咎人《とがびと》』とのみ呼称《こしょう》する。彼女は天国を滅ぼそうとした大罪人《たいざいにん》だ。我々は彼女の『本』を抹殺《まつさつ》し、彼女に関する記録の全てを消し去った。

彼女に関することは、全て最大レベルの秘密とする。存在したことも、一般には漏《も》らしてはいけない」

「……ふむ」

どうやら、風は別の方向に吹いているようだ。

「なにやら、特別扱《あつか》いですね。天国を滅ぼそうとした人なら、他にもたくさんいるでしょう」

マットアラストは、それらの『本』を第二書庫で見ている。武装司書や、図書館の反逆者が、何人も天国に挑んでは無為《むい》に敗《やぶ》れてきた。

「菫の咎人の他にも、天国を滅ぼそうとした者は数多くいた。それらの『本』を残しているのは、天国に挑んでも無意味という教訓のためだ」

「ふむ」

「だが、彼女は特別だ。天国を滅ぼす可能性にたどり着いた。もしかしたら、あるいは、億に一つの可能性だが、彼女は天国を滅ぼせていたかもしれない」

「そりゃ、たいしたもんですね。ぜひ武装司書に招きたいもんだ」

軽口を、フォトナは無視した。やっぱりこの人好きじゃないなとマットアラストは思った。それだけは、絶対に阻止《そし》しなければならない。

「……彼女の存在が知れ渡ったら、またしても天国に挑もうとする愚か者が現れる。それだけは、絶対に阻止しなければならない。

ルルタを刺激したら、世界が滅ぶかもしれないのだ」

「……………はっ」

鼻先で笑った。

「ルルタを滅ぼすのは、願ったり叶《かな》ったりじゃないですか。あのくそったれ、生かしておく必然性がない」

マットアラストは、場所を移したのは正解だなと思った。こんな口は、ルルタの前では叩けない。

「馬鹿なことをほざくな。もし失敗すれば、世界が滅ぶのだぞ」

「世界を滅ぼして、困るのはルルタのほうじゃないんですかね」

フォトナの体から、殺気が放たれる。ルルタに挑む者を殺すのも、館長代行の仕事だ。

「……………ここで死ぬか？」

「お先にどうぞ」

マットアラストとフォトナ。この時点では互角だろう。飛行機の中で、二人は、静かに睨《にら》みあう。折れたのはマットアラストのほうだった。

「わかりましたよ。あれの危険性ぐらい認識しています。戦おうなんて思いませんよ」

「だろうな。お前は損得《そんとく》の勘定《かんじょう》ができる人間だ。その部分は信頼している」

「ありがとうございます」

フォトナは、ちらりとバントーラ過去神島のほうを見た。島影は遠く離れている。

「この先は、ハミュッツに、聞かせたくない話ですね」

「その通りだ」

フォトナは言う。ハミュッツの使う触覚糸は、離れた場所の会話を容易に立ち聞きできる。防ぐには、触覚糸の最大射程である、五十キロより遠くまで離れるほかにない。

「あの女は、得体《えたい》が知れない。なぜあそこまで戦いを求めるのだろうな」

知るかとマットアラストは思った。なにしろハミュッツの正体は、マットアラストすら知らないのだ。

「あの女には、菫の咎人の存在を教えるべきではなかった。ハミュッツはいずれ、ルルタ＝クーザンクーナに挑むかもしれない。

お前に伝えたのはハミュッツを監視させるためだ。もしも、不穏《ふおん》なそぶりを見せたら」

フォトナは沈黙する。

「わかるな」

「俺にそれを頼みますか」

知っているのだろうか。マットアラストはハミュッツの恋人だ。

「お前だから命ずるのだ。秘密の保持は、全てお前に一任する。天国に近づく者、菫の咎人に近づく者を消せ。そして、秘密が存在することも知られぬように隠し続けるのだ」

「あなたも、とんだ悪党ですね」

「世界をルタから守るためにはしょうがない。悪事もまた、館長代行の義務だ」

マットアラストは鼻先で笑った。

「義務ね。お為《ため》ごかしはよしてくださいよ。男同士、二人きり。腹を割《わ》ってはくれませんかね」

「……………」

「何が世界を守るだ。ただ単に、地位が惜しいんだろ。世界中から尊敬されて、神の代理人と言われて。嬉《うれ》しいんだろ、それが」

フォトナは何も答えなかった。

「くだらねえ」

マットアラストは、フォトナに聞こえるように呟いた。自らの強さを、これほど呪《のろ》ったことはない。なりたくもなかった武装司書。その先は、くだらない秘密の守護者。俺の人生はこの才能に、どこまで転がされてしまうのだろう。

やはり、いっそのことルルタと。その思いは強まる。

フォトナと別れ、家に帰る。ドアを開けると、ハミュッツが抱きついてきた。

「おっかえり！　マット。愛してる？」

「もちろんだぜ」

玄関先でハミュッツの体を抱えあげる。三回キスをして、五回キスをされた。

「ご飯できてるわよ、何作ったか当ててみてよ」

「んー。クロケット」

「はずれ」

「ステーキ？」

「はずれ。もう、何でわかんないの？　マット嫌いよう」

くだらない話をしながら、二人は抱き合ったり離れたりを繰り返す。ちなみに夕食は、南方辺境風《ふう》のマトンの煮込みだった。そんなものわかるわけないだろうとマットアラストは思った。

二人は食事を取りながら、とりとめもない話を続ける。その中で、ハミュッツが言った。

「フォトナに秘密聞かされたんでしょ」

「ああ。聞きたくもなかったけどな」

「その後は、飛行機でどこか行ったわよねえ。わたしを殺す相談かなあ？」

ハミュッツはあっさり言った。

「ご名答！」

二人は大笑いした。飛行機で不自然に飛んでいったのだ。ハミュッツに聞かれたくない内緒《ないしょ》話に決まっている。フォトナがハミュッツを危険視していることぐらい、二人が知らないわけがない。

「フォトナの奴、あれでばれてないと思ったのかね」

「思ってるんじゃないのかなあ」

しばらく笑いあい、フォトナをからかう冗談を飛ばしあった後、ハミュッツは真面目な顔になった。

「それで、どうするのう？」

「今日明日って話じゃないよ。お前殺したら、フォトナさんのほうが困るだろ」

「あっそう」

今度はマットアラストが、真剣な表情になる。

「……………ハミュッツ。それで、どうするんだ。お前、ルルタと戦うのか？」

「ん、予定はないわね。本当に戦う相手いなくなったら、あいつに殺されに行くかもねえ。でも、あいつ好みじゃないのよねえ」

「なんで？」

「言わなかったかなあ。わたしはね、殺意を向けられるのが好きなの。本気で、全身全霊《ぜんしんぜんれい》で殺しに来てほしいのよ。あいつ相手じゃ、楽しむ暇《ひま》もないわ」

「………なるほどな」

ハミュッツの、最も奇妙な部分がこれだ。十数年抱え続けることになる、敗北への願望はこの時にすでにあった。

その異常性が、恐ろしくもある。だが、この奇妙さがなければ、惹《ひ》かれもしなかっただろう。

「じゃ、大丈夫だな」

マットアラストは言った。ハミュッツを殺すようなことになる可能性は、薄いという意味だ。しかし、ハミュッツは別の意味に理解していた。

「そうね。ルルタじゃなくて、いつか別の誰かがわたしを殺すからね」

あえて、訂正《ていせい》はしなかった。

その日の夜中、マットアラストはもう一度、口を開いた。隣ではハミュッツが、眠るか眠らないかの、微妙な境にいる。

「なあ。その菫の咎人ってのは、どんなのなんだ？」

むくれた声でハミュッツが答える。

「マット最低ねぇ。ベッドで別の女の話するなんて」

「妙なことを言うな。いくら俺でも、死んだ人に浮気はしねぇよ」

「理屈じゃないのよ、わかんない男ねぇ」

女ってやつは、これだから困るとマットアラストは思った。

「ルルタに、勝てそうだったのか？」

「どうかしらね。やってみないことにはねぇ」

フォトナが言うには、菫の咎人の『本』を読んだのは、ハミュッツ一人だという。なぜハミュッツだけが読んだのか、なぜフォトナやカチュアが読んでいないのか、そのあたりの事情は聞いていない。

「考えても無駄よ。菫の咎人は死んだんだから」

「じゃあ、もし俺が『菫色の願い』を受け継げば、ルルタに勝てるか?」

ハミュッツはぱたぱた手を振った。

「無理無理無理、絶対に無理」

そこまで言い切るかと、マットアラストは少し腹を立てる。自分の強さにはそれなりに自信があるのだが。

「俺とお前が手を組んでもか? 俺とお前が組んだら、歴史上最強のコンビに近いぜ」

ハミュッツが首を横に振る。

「そういう問題じゃないのよ。どれぐらい強いとか、仲間がいるとか、どうでもいいの」

「どういうことだ」

「言ったとおりよう。ルルタを倒すのは、強さじゃないの」

強さじゃなければ、なんなのだろう。マットアラストは首をひねる。

「わかんないでしょ。わかんないなら、無理よ」

「……本当に無理なのか?」

「無理よ。世界でただ一人、あいつならできたわ。あいつ以外の誰にもできない」

マットアラストはその時、直感した。ハミュッツと、菫の咎人には何らかの関《かか》わりがある。抹殺者《まっさつしゃ》と罪人というだけではない、個人的な何かが。

この時初めて、マットアラストはハミュッツの過去を垣間見《かいまみ》た。その先は続かなかった。

「じゃあ、やめておくか、ルルタを倒すのは。お前も、妙なこと考えるなよ」

「わかってるわよう、マット。わたし、殺されたくないから」

普段と違うことを言った。ハミュッツは常《つね》に、誰かに殺されることを望んでいるはずなのに。

「あのね、マット。わたしね、マットにだけは殺されたくないの」

そう言って、ハミュッツが笑った。

任務は果たしたのかな、とマットアラストは思った。ハミュッツの裸の肩を抱いた。しかし、これじゃまるで女をこますのが仕事みたいじゃないか。

後に、マットアラストは後悔する。この日、菫色の願いを聞きださなかったこと。そして、ハミュッツの過去を聞きださなかったことを。

絶対に無理。その一言で、マットアラストの戦意はしぼんだ。戦う意思は、失われたわけではない。しかしマットアラストは、現実と折り合いをつけてしまう人間なのだ。

天国の秘密を守る、マットアラストの仕事が始まった。最初の仕事は、ラスコール＝オセロの情報が漏れたという事件だった。マットアラストは秘密裏《り》に兵隊を組織し、調査に当たらせた。厄介《やっかい》な事件だった。すでにハイザという武装司書も、情報を聞きつけて動いている。ハイザより数歩先に、情報の出所《でどころ》に行き着いた。

マットアラストは、調査をまとめてフォトナに報告する。

「情報の出所は、やはりパーニィ＝パールマンタか。間違いないのだな」

マットアラストは頷《うなず》いた。神溺教団の抱える真人の一人と聞いている。そこから情報が漏れるとは、と神溺教団の体制に不安を抱く。

「無論、カチュアも気づいていますが、放置しているようです。真人を大事にするようですね」

「仕方ない。こちらで、独自に動くとするか」

それだけを聞き、代行執務室を辞した。

さて、どうやって情報をもみ消すか。マットアラストは頭をひねる。

パーニィには、アーガックスの水を使ってみよう。ハイザについては放置しておくしかない。それに神溺教団との折り合いをどうつけていくかが問題だ。

その数日後。マットアラストが策略を練り終わる前に決着はついた。

「やってくれましたね、フォトナさん」

自分の仕事に、土足で踏み込まれるのは気分が悪い。館長代行執務室で、マットアラストは新聞を机に叩きつけた。記事の見出しには巨大な活字。『大女優パーニィ＝パールマンタ殺害される』。新聞は関連記事一色だった。

目の前の男以外、実行者は考えられない。

「お前は、殺すつもりはなかっただろう。それでは甘いのだ」

「甘いのはあなたのほうですがね。これでは、憶測《おくそく》や噂《うわさ》話が広がっちまう。疑惑は拡大する一方だ」

「根底を潰《つぶ》せば、それで済む。枝葉に囚《とら》われて本義を見失うな」

「…………くそ！」

マットアラストは、机を殴りつけた。足早に執務室を出て行く。

「お前には失望した。秘密を守るために、人を殺さない。それが通ると思うのか」

吐き捨てるように、マットアラストは答える。

「殺すことはないと思っただけですよ。殺すのは最低限でいい。ルルタに反逆する意思があるやつだけで良いとね」

マットアラストの仕事は尽きない。ラスコールの噂話は各地に広がっている。その中から妙な動きはないかと、私兵を使って目を凝《こ》らした。

楽園時代を研究する考古学者や、過去に神溺教団が起こした事件を探る歴史学者にも目を向けておかなければならない。核心にたどり着く前にスパイを送り込み、研究を誤《あやま》った方向に向かわせた。

三年間。秘密を守るマットアラストの仕事は続いた。そして、その日もまた、秘密の任務にマットアラストは動いた。

第三封印書庫の前で、ルルタに近づく反逆者を待っていた。パイプをふかしながら、マットアラストは思った。まさか、この相手と戦うことになるとはな。

「マットアラストか？　こんなところで何をしている？」

現れたのは、フォトナだった。

動揺が見え見えですよと、マットアラストは思った。この人は、隠し事が下手すぎる。フォトナは、ルルタの様子を見てくるとハミュッツに言い残し、迷宮に降りてきていたのだ。マットアラストは先回りし、ここで待っていた。

「あなたを止めに来たんですがね」

「何を言っている？　用事がないなら、地上へ戻れ」

フォトナがマットアラストの横を通り過ぎる。

「この間ですね、イレイアさんとキャサリロが面白い男を捕まえましてね。見習いに入ってきたんですが、ご存知ですか？」

「ああ。イスモの盗賊《とうぞく》だったな。ミンスといったか？」

「彼の能力、聖浄眼《せいじょうがん》といいまして、人の魂《たましい》を見る力です。そのミンスが妙なことを言いましたよ。この先、でっかい戦いでもあるのかと」

「何のことだ？」

「俺もそう聞き返しました。ミンスが言いましたよ。フォトナさんが、何か重大な決意を抱えているとか」

「……その男、当てにならんな。クビにしろ」

「いいえ、お断りします。使えそうな男ですから。次期の楽園管理者に考えています」

　マットアラストは、腰の銃を爪《つめ》の先ではじいた。その音を聞いて、フォトナが大きく跳んだ。腰の武器を抜き、マットアラストに向けて構えた。

「どうしました？　まさか、俺に襲われるとでも？　ルルタに挑もうとしているのが、俺にばれたから、殺しに来たとでも思ってますか？」

「……」

　もはや、フォトナは取り繕《つくろ》うともしなかった。マットアラストに、武器である短い棒を向けた。彼の能力は、この単なる棒で、あらゆるものを切り捨てる力だ。

「あなたが天国に挑むなんて思ってもいませんでしたよ。ミンスがいなかったら危ないところだった。一体どういう風の吹き回しで？」

　フォトナは何も答えない。

「理由は、ヴォルケンですか。あなたにも、まともな人間らしい心が残っていたなんてね」

「悪行を働くのは、俺が最後でいい」

「なるほど。ヴォルケンには、させられないと。せめてもの、親心といいますかね」

　しかし、遅すぎるよ。心の中で付け加える。

「お前も、ルルタと戦う意思を持っていたのではないか？」

「いえ、そんなこと、一瞬も考えてませんがね」

「だからこそ、ハミュッツにお前の監視を任せたのだがな」

それは知らなかった。フォトナに出し抜かれるのは、おそらく最初で最後だろう。

「お前にも伝えておく。いつかお前も、俺と同じことを考えるかもしれない。ルルタを倒す唯一の手段は……」

それを言う前に、マットアラストは銃を抜いた。聞く耳などない。

「菫色の願いでも、勝てる可能性は億に一つ。俺はそう聞いてますよ」

フォトナの踏み込み。そして、斬撃《ざんげき》。予知能力を使ってすら、避けるのが精一杯だった。マットアラストは銃で牽制《けんせい》しながら後退する。

総合的にはマットアラストのほうが強いだろう。だが、今は気迫がまるで違った。一瞬の攻防だったが、マットアラストは明らかに押されていた。

無言でフォトナは、気迫を放つ。マットアラストの隙《すき》をうかがう。

マットアラストが、口を開く。油断ではない。余裕があった。

「俺はルルタと戦いませんよ。フォトナさん、俺はね、確実に勝てる状況を作ってから戦う主義です」

フォトナの背後から、石が飛んできた。ハミュッツの跳弾《ちょうだん》攻撃だ。命中はしないが、フォトナの意識をそらすには十分だった。そして、その隙は、マットアラストがフォトナを仕留《しと》めるには十分だった。

銃撃は、フォトナの首に突き刺さった。急所の気管を避け、首の骨を削《けず》るように命中した。脳と全身をつなぐ神経を破壊した。並みの人間なら致命傷だが、フォトナの回復力なら、数週間で治癒《ちゆ》できるだろう。しかし、もう動けない。

「殺しませんよフォトナさん」

「……………」

「理由はわかりますか？　ヴォルケンがいるからですよ。あなたが死んだとあれば、間違いなくあの少年が動き出す。強くて、頭がいい。その上人望もあるから、厄介なんです」

床に落ちた武器を、必死に取ろうとするフォトナ。その手を踏み潰して、マットアラストは続ける。

「ヴォルケンには、感謝してくださいね。あの少年のおかげで、生き延《の》びられるんですから。さて、教えましょうか、フォトナさん。嘘ってのはどうやってつくものか」

マットアラストは、フォトナを抱え起こし、歩き出した。

すでに、頭の中に策はあった。武装司書たちを騙し、フォトナを葬《ほうむ》る手段は。

しかしかすかに、マットアラストは思った。

これで、良いのだろうか。フォトナとともに、戦う選択もあったのではないか。ルルタを倒す。その意思を、一度は持ったはずではなかったか。

「……………」

頭を振ってその気持ちを振り払う。

無理をする必要はない。現状維持《いじ》で十分だ。ルルタとて、何も今すぐ倒さなければいけない相手でもないじゃないか。

その選択も、後にマットアラストは後悔することになる。


公式には、こう発表されている。フォトナ＝バードギャモンは戦いの日々を捨て、ただの一般人になることを望んだ。彼は自らアーガックスの水を飲み、武装司書であったことも、戦士であったことも忘れた。

彼はハミュッツの庇護《ひご》の下、何も知らない一般人として残りの人生を過ごす。彼の意思を尊重し、以後武装司書は、フォトナに接触することを固く禁ずる。

現在、かつてフォトナだった男は、祖国のメリオト公国で、郵便配達をして暮らしている。結婚し、子供も生まれている。城を買えるほどの資産があることも知らず、子供の学費に頭を悩ませているという。


マットアラストはその後も、完璧《かんぺき》に仕事をこなした。

神溺教団との戦い。ミレポックのラスコール＝オセロの探索。カチュアの後始末《あとしまつ》。オリビア＝リットレットの捕獲《ほかく》と記憶消去。武装司書の真実を漏らさないよう、ルルタの秘密がばれないよう、細心の注意を払い、知恵を絞《しぼ》った。

マットアラストは常に、有能に活動していた。自分の務めをくだらないと知りながら、申し分なくこなしていた。

ルルタを隠し、ルルタに幸いの『本』を運び続けるために。

そして、武装司書最後の日、マットアラストは走る。ルルタと戦うために。

今までの人生の全てが、マットアラストに襲いかかっている。激しい後悔と、自己嫌悪に押し潰されそうになる。

(お前は、バカだよ)

と、心の中で声がした。ミレポックの思考共有でも、ルルタの思考共有でもない。マットアラスト自身の声だ。かつて、ルルタと戦おうとした自分自身の声だ。

(やらなきゃいけないことは何だった？　戦わなきゃいけない相手は誰だった？　フォトナを倒し、ミレポックを騙し、ヴォルケンを見殺しにして、オリビアを陥《おとしい》れ、それでお前は何を得た？

ルルタと戦おうと、一度は思っただろう。なのに、なぜ何もしなかった？)

頭の中に声は響き続ける。

(お前はな、味方と戦って、敵に奉仕してたんだよ。お前ほどの馬鹿が、世界中どこにいる？)

心の声に、言い返せる言葉がない。

（言ってやろうか、お前の本心を。ルルタと戦うのが怖かったのさ。負けるのが怖かったのさ。何しろお前は、最低の臆病者《おくびょうもの》だからさ）

「……」

（自分で自分を、優れた戦士と思ってただろう。武力と頭脳を兼《か》ね備えてると思ってただろう。それは、嘘だ。お前は、他人どころか自分まで騙せる、どうしようもない嘘つきだ）

「そうだよ、俺は馬鹿だ」

マットアラストは自分自身に答えた。

（わかっているだろう？　お前がもし戦っていたら、お前が勝てていたら、世界は滅びなかった。お前が滅ぼすんだよ。お前のせいで、世界は滅ぶんだよ）

ちがう、俺のせいじゃない。その言葉は口には出せない。マットアラスト一人のせいではないのかもしれない。

しかし、やはりマットアラストのせいなのだ。

死でも償《つぐな》えない後悔に、マットアラストは体を引きちぎられそうになる。彼が、『涙なき結末の力』を撥《は》ね退《の》けられたのは、この後悔の力によってだった。

走りながら彼は考える。何か方法はないのか。一億に一つの可能性でもいい。ルルタを止める方法はないのか。

マットアラストは思いついている。

（なんて馬鹿な男だ。いまさら、それにすがりつくのか）

心の中で声がする。

「ハミュッツに、聞きださなければ。菫の咎人のことを、菫色の願いを」

（最低だな、武装司書が殺し、お前が封じてきた菫の咎人。それが最後にすがりつく藁《わら》か）

頭の中で、マットアラスト自身が哄笑《こうしょう》している。笑われて当然だろう。これほど最低な自分を、笑わずにいられる者はいない。

ハミュッツは迷宮の外にいる。まだ、生きているはずだ。あいつから菫色の願いを聞き出せば、あるいは可能性がある。

（無駄よう。あいつが死んだ以上、ルルタを倒すのは絶対無理よ）

ハミュッツの言葉を思い出す。しかし、その不可能なことにすがりつくしかないのだ。

第五封印書庫が近づくなか、マットアラストは足を止めた。

「……………ちくしょう」

マットアラストは、吐き捨てるように言う。前から、恐ろしい威圧《いあつ》感が放たれている。ルルタは、マットアラストの目覚めに気がついていた。そして、地上に向かう足を止めて、待ち伏せていたのだ。

（マットアラスト。まだ、動いているか）

声が響いてくる。

「あいにく、寝てるわけにはいかなくてな」

（『涙なき結末の力』を撥ね退けたか。君の絶望はよほど深いと見える）

銃を構えようと、手を動かそうとする。だが、またしても動かない。イレイアの時を止める力とも違う、強力な拘束能力だ。

指一本動かせない。情けなくて泣きたくなる。何が稀代《きたい》の天才だ。一番戦わなければいけない相手を前に、銃弾の一発も撃てない。

「殺せよ、ルルタ。何のつもりだ」

(悲しいな。僕は君を、その絶望から解放したい)

「いまさら、何の情けをかける！」

ルルタは、思考を送ってくる。その思考には、悲しみが込められていた。

(マットアラストよ。僕は、せめて世界の人々を安らかに死なせたいと考えている。だからこそ、すぐには殺さず『涙なき結末の力』を行使した。

それは、僕なりのせめてもの償いだ)

「償うつもりがあるなら、なぜ殺す」

(決めたことだ)

「殺さないでくれ！　頼む、お願いだ！」

最低だと、マットアラストは思う。とうとう俺は、泣き落としまでやりやがった。

「あんたがどう思おうと、皆、この世界に生きてるんだ！　皆、生きたいんだ！　殺さないでくれ、頼む、後生《ごしょう》だ、お願いだ！」

本気で、マットアラストは泣いた。

（それは、わかる。僕も心苦しい。だが、僕は償わなければならない）

「なぜ!? 何を償う!? 誰もあんたに、償えなんて言ってない！」

（僕が償う罪は、君たちが生まれてきたことだ）

「……なんだそれは」

（この世界は、地獄だ。人々は、求め、得られない。得られないから憎み、奪い、傷つけあう。

　僕は、その地獄を見続けてきた）

「違う、この世界は地獄なんかじゃない」

（それを、ヒョウエ＝ジャンフス相手に言えるか？）

　誰だそれはと、マットアラストは思った。

（知りもしないだろう。カチュアに捕まり、人間爆弾にされ、哀《あわ》れにも消えていった少年の名だ。彼だけではない。この世には、彼のような地獄に生きた人間がいくらでもいる。皆、戦わされ、傷つけられ、死んでいく）

「……だけど、この世界には、幸せな人もいる。その『本』を、俺たちは捧げてきた」

（もう、それは必要ない）

　冷酷に、ルルタは宣告した。

（僕は、自分のために、この地獄を存続させてきた。この地獄にも、完全なる幸せがあると信じて、世界を滅ぼさずに来た。

本当はもっと早く、滅ぼしておけばよかったのに。僕が生かしたから、皆傷つき、悲しむ)

「違う!」

(許せ。僕は二重の罪を犯す。君たちを生かし、そして殺す)

駄目だと、マットアラストは思った。人間の思考回路ではない。説得など、できない。

(だからマットアラスト、せめて安らかに眠れ。僕に、君を傷つけるという罪まで、重ねさせるな)

「断る。俺は、安らかになんか死ねねえ」

(ならば、何を望む)

マットアラストは、絶望の中で叫ぶ。

「せめて、せめて、苦しめて死なせてくれ! 俺の罪を償わせてくれ!」

(………ほとほと、人間とは)

悲しそうに、ルルタが思考を送ってきた。その言葉とともに、マットアラストの体が捩《ねじ》れた。背骨から腰骨、足のつま先に至るまでが破壊された。

絶叫すら響かなかった。肺もまた、一瞬で破壊されていたからだ。指先が寸刻《すんきざ》みで、切断された。臓器が一つ一つ、壊死《えし》していった。

(度《ど》し難《がた》いな、人間よ。そして、マットアラスト=バロリーよ)

次の一瞬で、マットアラストの体は回復していた。エンリケが保持していた超回復の力を遙《はる》かに上回る回復能力だ。それを、他人に行使できるとは、ルルタの力はどれほど強いのか。

（まだ、続けよう）

ルルタの言葉とともに、またマットアラストは破壊される。衣服は余すところなく血に染まり、臓物や糞便《ふんべん》の欠片《かけら》が周囲に散らばっていく。

拷問《ごうもん》ではなく死刑だ。それを、マットアラストは十度も繰り返された。意識などとうにない。ルルタはマットアラストの拘束《こうそく》を解いた。

（まだ、聞こえているか、マットアラストよ。君に言わなければいけないことがある）

耳は聞こえていないが、思考はかすかに届いてくる。

（僕は君の仕事を、高く評価する。

もし、世界の人々に真実が知れ渡れば、大きな混乱を招いただろう。人々は、いたずらに僕に挑み、敗北を重ねただろう。絶対に勝てぬ敵を前に、絶望しただろう。

君は、君なりに世界の人々を守った。優しい嘘で、絶望の真実を隠したのだ）

意識を失ったマットアラストの横に、いつの間にかルルタは立っていた。

「……さらばだ、マットアラスト。心優しき悪党よ」

自らの口で、ルルタは言った。そして、マットアラストの頭に手を乗せる。『涙なき結末の力』をもう一度発動させる。今度こそ、マットアラストの意識は完全に闇に落ちた。

ルルタは頭上を見上げ、呟いた。

「世界を滅ぼすなど簡単なことと思っていたが、思いのほかやることは多いな。武装司書たちも、また、生きる意思を捨てられないか」

そして、両手を合わせる。その中に、小さな光が生まれた。

第六封印書庫で、ミレポックが仲間たちに向けて言った。

「……繋がりません、ユキゾナさんにも、マットアラストさんにも。おそらくは、もう……」

「……」

返事はなかった。

ユキゾナを失い、マットアラストが倒れ、ハミュッツは武装司書を見捨てた。第六封印書庫に集まる武装司書たちを指揮するものはもういない。

武装司書たちは為《な》す術《すべ》なく、ただ立ち尽くしていた。

「……本当に、世界が滅ぶのか」

ガモが呟いた。ミレポックも、他の武装司書も、現実感を持って受け止めていない。なにか、わけのわからない夢の中にいるような気持ちだった。階下から、世界を滅ぼす力を持つ者が迫っているらしい。だが、見たこともないのだから、脅威《きょうい》を実感しようがない。

「どうすれば、いいんですか」

ミレポックが、うつむきながら言う。

「……あっはっはっはっは！」

突然笑い声が響いた。ルイークだ。

「だめだ、難しいこと考えてたら眠くなっちまうぜ。俺の性《しょう》にはあわねえや」

そう言って、大槍《おおやり》を振るいながら衛獣の満ちる封印迷宮に歩いていく。

「どこへ行くんですか！」

「見りゃわかるだろ」

ルイークは振り向き、笑いながら言った。自暴自棄《じぼうじき》なようでもあり、さわやかでもある。

「俺は、戦うしか能のねえガラクタよ。世界が滅ぼうが、首になろうが、それは何も変わらねえ」

「…………ルイークさん」

引き止める言葉が浮かばないまま、ミレポックは一歩踏み出す。そこにガモが言った。

「皆、聞け。ルイークもだ。ユキゾナから指揮を任されたのは俺だ。指揮権はまだ俺にある」

全員が、ガモのほうを見た。

「代行が言うには、為す術は何もなくて、俺たちは自由にしていいらしい。なら、自由にするとしよう。

帰りたい奴、逃げたい奴は今すぐここから去れ」

誰も、動かなかった。

「法律がないならぶっ殺してやりたかった奴はいるか。いるなら、構うことはねえ好きにしろ。代行のお墨付《すみつ》きだ」

「はい！」

　リズリーが手を上げた。

「代行をぶっ殺したいですがどうでしょうか」

　武装司書の中に、笑い声と喝采《かっさい》が上がった。

「名案が出たぜ！」

「よく言ったリズリー！」

　思わず、ミレポックも笑ってしまった。こんなに素直に笑ったのは初めてかもしれない。どうしようもない最低の状況が生んだ笑いだった。

「いっぺんぶっ飛ばしてさしあげたかったんだよ。こりゃあいい機会だ」

「俺はやったぜ。無論返り討《う》ちだったがな！」

　皆、げらげら笑いながら手を叩く。

「どうするガモ？　本当に採用するか？」

　マーファがガモに言った。

「どうだろうなあ」

　ガモが考えていると、別の方向から手が上がる。今度はテナだ。重傷だが、戦列に戻っている。

「あの、ぶっ殺してさしあげたい方はもう一人おられると思うのですよ」

「………なるほどな」

　笑いがやみ、全員が考え込む。

「そうだな、ハミュッツのクソッタレは生きて帰れたらで十分か」

ガモが言う。

「決まりだな」

ルイークが言う。

その時、誰に命令されたわけでもないのに武装司書たちが自然に隊列を組んだ。肉体強化に長《た》けた者が、前列に回って壁になる。破壊力の高い者は、後ろに回る。そのあとにはミレポックたち、支援タイプの能力者が並ぶ。

「……好きにしろって言われても、やることは結局これかよ」

ミレポックの横で、同じく最後列に回ったガモが呟いた。

「そうだよな、ミレポ。バントーラ図書館の正体がどうだか知らねえし、ルルタも知ったことじゃねえ。つまるとこ俺たちは、戦うしか能のねえ馬鹿どもだ」

ミレポックは、なんだか妙に楽しくなって答えた。

「その、戦うしか能のねえ馬鹿どもを、なんていうか知ってますか」

「知らんのかミレポ。武装司書っていうんだよ」

ルイークの雄《お》たけびが上がった。リズリーの衝撃波が走った。結界の向こうに居座る終章の獣たちを、迷宮の奥に押し返していく。

「ひるむな！」

ガモが叫ぶ。

「誰がひるんだ！」

最前列から答えが返ってくる。

この時、不思議と武装司書の顔には明るさがあった。所属していた組織は、すでに壊滅した。もとより、勝ち目もない。なのに、何が楽しいのか。

「押し返せ！　第五書庫の広間までだ！」

「承知《しょうち》した！」

武装司書はこの時、戦うために戦っている。誇りのために、武装司書として生きた自分のために。

笑っているのはこれが、生まれて初めての経験だからかもしれない。初めて武装司書たちは、自分のために戦っていた。


その様子を触覚糸で観察しながらハミュッツが呟いた。

「あてが外れたわねえ」

と、少し淋《さび》しそうに言った。せっかくだから、参加しに行こうかともハミュッツは思った。お祭りの日に、一人淋しく部屋に閉じこもっているような気分だった。

武装司書の歴史と、世界の滅亡が確定したことを伝えれば、戦う気が失《う》せると考えていた。それが狙いでもあった。

「諦《あきら》めればいいのに。あなた方が、何をしても無駄なんだからさ」

触覚糸で、迷宮の中を探る。第五迷宮にいる、ルルタの行動が伝わってくる。

「……ルルタも、野暮《やぼ》な男ね。楽しそうにしてるんだから、続けさせてあげればいいじゃない」

そう言うと、コーヒーを一口すすった。


迷宮の中、ルルタが手の中で光の球を生み出した。そこから、白く輝く糸が放出される。光の球を手から離すと、上に向かってゆっくりと進んでいった。

「思ったより、はるかに強いな。武装司書たちよ。やはりお前たちは、良い組織だった」

光の球は、天井を通り抜けて、第六書庫へ向かう。

「だからこそ、悲しいな。力以外、頼るもののない者たちよ」

またルルタは、歩き出す。


驚くべきことに、武装司書たちは終章の獣を押していた。結界の前から、第五封印迷宮の入り口まで後退させていた。

一分後のことすら、何も考えない全力の突撃だった。優勢に立っていられるのはそのためだ。しかしそこに、何者かに介入《かいにゅう》される。どこからか突然、光の球が現れた。

「なんだ!?」

武装司書たちの、驚愕《きょうがく》の声が上がる。終章の獣の力には見えない。誰かの魔法だとミレポックは思った。

誰の魔法か。ルルタ＝クーザンクーナに決まっている。

「その球、攻撃してください！」

ミレポックが叫んだ。一斉《いっせい》に剣撃と銃撃が打ち込まれる。しかし、実体がないかのようにすり抜けられた。

「なんだ⁉」

剣を打ち込んだ武装司書が叫んだ。彼の体に、細い糸が巻きついていた。粘性《ねんせい》のゴムのような糸だった。柔らかく伸縮し、攻撃能力はないように見える。

「こんなもん、すぐに振りほどいて……」

何人もの武装司書の体に巻きついていく。振りほどけず、切れない。動けないわけではないが、行動が制限される。

たいした能力とも思えないが、この状況の中では決定打となった。ぎりぎりのところで終章の獣に対抗していた武装司書たちが一気に押し返される。

ルルタが呟いた。

「殺すな、獣どもよ」

そして指を上げる。オーケストラを前にした指揮者のように振り下ろす。

「……歌え」

糸に拘束された武装司書を、終章の獣たちは殺さなかった。のしかかり、組み伏せた。

「誰か、この糸を切れ！」

ルイークたちの前線が突破され、後方の支援部隊も崩れていく。

ミレポックも、細剣で〝刃髪獅子《じんはつし》〟と必死に打ち合っていた。しかし糸に拘束された足がもつれ、倒れる。両肩を組み伏せられ、身動きが取れなくなる。

殺されるかと思った瞬間。ミレポックは何かの声を聞いた。

歌なのだろうか。それとも、音楽なのだろうか。あるいは、そのどちらとも違う不思議な波動のようなものかもしれない。

ただ、とても美しい何かが、耳を通じて、肌を通じて、体の中に染《し》み渡っていく。

死の恐怖が、敗北への怒りが、その音を聞いているうちになくなっていく。激情が心の中から消え失せ、悲しみや寂寥《せきりょう》感に変わっていく。

「…………なに、これ」

ミレポックが呟く。彼女は、ユキゾナやユーリ、マットアラストが倒れた様《さま》を知らない。これが、彼らを倒した『涙なき結末の力』であることも知らない。

「なんなの……これは」

ミレポックの頭に、いくつもの思い出が浮かんでいく。

子供のころの友人たち。一度も人に話したことのない、初恋の人のこと。軍人を目指した日々。武装司書として過ごした戦いの記憶。

どれも大切な思い出のはずだ。しかしそのどれもが、どうでもいいつまらぬ記憶に変わっていく。

武装司書の使命。胸の中の誇り。どれもが消えていく。

そして、彼女は理解する。

「もう、終わるのね、何もかも」

悲しみは、しばらくの間続いた。やがて彼女は、釈放《しゃくほう》された囚人《しゅうじん》のような、柔らかな表情になった。ミレポックは、目を閉じ、生きる意思を手放した。

『涙なき結末の力』。これは元来、このように終章の獣が歌う、歌として発動するものだ。本来の使い手であるルルタのみが、対象の頭部に手を触れることで用いることができる。

他の武装司書も、皆同じく、生きる意思を失っていく。

そして、終章の獣たちがついに、結界を突破して外へと駆け出した。

ユキゾナの使命。マットアラストの後悔。武装司書たちの誇り。何もかもを打ち砕いて、終章の獣たちは地上へと疾走《しっそう》する。

終章の獣たちは歌う。第六書庫で、バントーラ図書館地上部で、敷地の中で。終章の歌を歌い続ける。

歌は風に乗り、図書館を覆《おお》う。

「何だ、この歌は」

未《いま》だに図書館に留まっていた一般司書たちが叫ぶ。

「誰かの能力か？」

皆が耳を塞《ふさ》ぐ。しかし、歌は肌から体の中に満ち渡っていく。一般司書たちが、武装司書と同じように生きる意思を失っていく。

図書館の隅《すみ》で震えていたキャサリロが、その音を聞いた。そして、涙にじむ顔を上げて笑った。

「やっと、やっと終わるんだ」

もう、怯《おび》えなくていい。怖がらなくていい。逃げなくてもいい。キャサリロは喜んで、『涙なき結末の力』を受け入れる。

キャサリロの目が、ゆっくりと閉じられる。そして、芝生《しばふ》の上に体が落ちた。

衛獣たちが図書館の敷地を席巻《せっけん》する。皆が頭を天に向け、終章の歌を高らかに合唱する。

不安そうに図書館を見つめていた館下街の民衆たちが、怯える。

「なんだこれ!?」

「耳を塞いでも、聞こえてくる！」

せめて安全な場所へと、人々は駆け出す。しかし、すぐに無意味であると理解する。道のあちこちで、人々が座り込む。彼らは一様《いちよう》に安らかな表情で、倒れ伏していく。

武装司書たちのことなど気に留めず、オリビア＝リットレットは仕立て屋で働いていた。この時期、オリビアは仕立ての親方からアイロンの技術や補修の技術を叩き込まれていた。二号店の開店に向けて、オリビアは熱心に練習していた。

外から聞こえてくる音に、手を止める。

「……何の声だ？　誰か歌ってるのかな？」

関係ないことだろうと、アイロンを動かし続けるオリビア。しかし、なぜか手を止めて椅子《いす》に座り込んだ。

「……やめた」

オリビアは、アイロンの火を落とす。

「なんだろ、この歌。何もかも、もうどうでもよくなってきた」

自分は昔、何か大切なことを知っていたような気がする。何かとてつもないことを成《な》したような気がする。しかし、それももうどうでもよくなった。

自分は確かに、がんばったのだろう。だが、それはどうでもいいことだったのだ。

オリビアは目を閉じた。

衛獣は歌い続ける。声はバントーラ過去神島から、海を越えて響き渡る。

イスモ共和国官邸。大統領と閣僚が、夜を徹して閣議を行っていた。大統領は、武装司書との協力体制からの脱却を訴えている。他の閣僚は、反対の立場をとっている。蒼淵呪病《そうえんじゆびよう》の大乱の時、ルイークに殴りつけられたことを大統領は根《ね》に持っていた。反武装司書に鞍替《くらが》えした大統領に、閣僚たちは戸《と》惑《まど》っている。

「……いや、もういい」

演説も途中に、突然、大統領は椅子に座った。

「もうよそう。こんなことをしていても無意味だ」

急にそう言い出した大統領に反対する者はいなかった。誰もが、何もかもが無意味だと理解していたのだ。

トアット鉱山で一人の女性が、今日売るパンを焼いていた。イア＝ミラという女性である。亡き恋人が残したパン工房に残り、同じ仕事を続けてきた。

イアには、懸念《けねん》ごとがあった。最近、とある鉱山技師がイアに言い寄ってきている。共に、この街を離れてほしいと言われていた。

だがイアは、恋人と、友人であった奇妙な少年の死んだ場所に、花を添えることを日課にしていた。彼に惹《ひ》かれつつあるが、その日課を途絶《とだ》えさせたくない。

その悩みが、ふいに消えた。

「………ああ、そうか。どうでもいいんだ」

かまどの火を落とし、生《なま》焼けのパンを捨て、イア＝ミラはうずくまった。


イスモ共和国のとある農場。巨大な機械の、土台だけがそこにあった。宇宙に行く計画の第二段階、イスモからバントーラ過去神島まで飛ぶ、ロケットが完成するはずだった。

装置の横には青年がいる。宇宙を目指していた若い学者、クエインだ。

「………宇宙に行きたいなんて、なんて馬鹿なことを考えてたんだろう」

クエインは膝《ひざ》を抱えてうずくまっていた。

「なあ、ピーナさん。君もそう思うだろう？」

隣には、友人であり理解者の、牧場の娘がいる。

「クエイン、あんたは、馬鹿じゃないよ。馬鹿なら、あたしだって同じだよ」

牧場の娘も、座り込む。

「なにもかも、どうでもよかったのに」


メリオト公国の田舎《いなか》町を、男が自転車に乗って走っていた。かごには手紙をつめ、路地を軽やかに滑っていく。

五年前、彼は全ての記憶を失って、この町に佇《たたず》んでいた。素性《すじよう》を証明するものを何一つ持たなかった彼は、不安にかられた。しかし、親切な町の人と、ある女性の協力で、どうにかこの町で、暮らしを成り立たせることができるようになった。

今は結婚して、子供がもうすぐ二歳になる。

「ケイズさん、息子さんからですよ」

留守のようだ。男は手紙をドアに挟《はさ》んで自転車に戻る。

奇妙なことだが、男は記憶を取り戻さなくてもいいような気がしている。昔、自分はとても辛《つら》く、苦しい日々を送っていたような気がする。

自分は解放されたのだ。ならば、ここが自分の居場所だ。

「…………ん？」

何かが聞こえてきた。そして、何かを思い出しかけた。しかし、わからない。

数秒後、男は自転車を止めて地面に降りた。

かつての館長代行。昔、フォトナ＝バードギャモンと呼ばれていた男は、ゆっくりと生きる意思を失っていった。

南方辺境のとある島。

休暇《きゆうか》をとっていたヤンクゥは、島にいた。井戸掘りに人員が要るので、無理を言ってこちらに戻ってきたのだ。

武装司書の援助で、島への移住は何とかなりそうだ。しかし、生きていくにはまだまだ金が要る。それまでは、見習いを続けなければいけないだろうと思っていた。

「ねえ、ヤンクゥ兄ちゃん」

「なんだ、マニ」

上から声がかかった。そこにいるのは、妹のマニだ。新生神溺教団の真人《しんじん》である。

「もう、そんなことやめよ」

「え？」

言葉の意味をしばし考えた。理由はわからないが、理解はできた。

「そうだな、やめよう」

もう、マニの幸せを求めなくてもいい。誰の幸せも、考えなくていい。長く背負っていた、重荷を下ろしたような気がした。ヤンクゥは、井戸の底にへたり込んだ。


イスモ共和国の、神溺教団本部。

デスクの前で、楽園管理者ミンスが頭を掻《か》きむしっていた。目の前には、デスクに刻《きざ》まれた謎の一文がある。部下であるラティには、彫《ほ》った人間も、意味もわからない。

「わしが悪いんか、わしの考えが間違うとったんかよ！」

部下のラティが、呆然とミンスを見ている。

「楽園管理者、落ち着いてください。いったい、どうしたんですか？」

ミンスが怒鳴り返す。

「もう、終わったんじゃ。わしは、楽園管理者じゃなくなった！」

「いったい、それは……」

そして、ミンスは泣き、わめき、もがき苦しんだ。やがて、静かになり、ソファに倒れた。

よかった、やっと落ち着いてくれたとラティは思った。しかし、すぐにそれもどうでも良くなり、同じようにソファに倒れた。


この時。一九二九年一月十二日、バントーラ過去神島の時刻で十一時三十九分。

世界中で繰り広げられていた、あらゆる物語が終了した。喜劇も悲劇も、壮大なものも、些《さ》細《さい》なものも。

全ての人間が刻む全ての物語が、同時に結末を迎えた。

こうして、世界は終了した。

第五章　太陽の下の絶望

封印《ふういん》迷宮第五階層に倒れるマットアラスト。『涙なき結末の力』は、彼の心を闇《やみ》の中に眠らせている。しかし闇の中に、かすかな意識が残っていた。

彼は今なお、一縷《いちる》の望みを残していた。自分が倒れても、まだハミュッツがいる。いくら彼女でも、ルルタと戦うことはできない。だが、ハミュッツは菫《すみれ》色の願いを知っている。この世でただ一人、菫色の願いを受け継いでいる。

ルルタを倒し、世界を救う可能性を持っているのは、ハミュッツ一人。

マットアラストは、ハミュッツに世界を救ってほしいと願っている。

だが、その希望は、果たされないだろう。そのこともマットアラストはわかっている。

それでもマットアラストは願う。頼む。戦ってくれハミュッツ。

世界を守れるのは、お前しかいないのだから。


終章の獣《けもの》が、広い図書館の敷地を埋め尽くしている。天を仰《あお》ぎ、合唱している。その隙間《すきま》をかいくぐりながら、エンリケ＝ビスハイルが走っていた。

「くそ、どこだ、ハミュッツ！」

エンリケが叫んだ。さっきまで、手当たり次第《しだい》に終章の獣を倒していたが、無駄と悟ってやめている。エンリケ一人で戦ってもきりがない。歌を歌うだけで、エンリケに危害を加えるつもりはないらしい。

「……！」

頭の中が、一瞬ぼんやりした。聞こえてくる歌を振り払うように頭を振った。エンリケはまだ、涙なき結末の力に耐えられている。

だが、残された時間が長くないこともわかる。一時間はまず不可能。三十分もどうかというところだ。気を抜けば、次の瞬間にも甘美な諦念《ていねん》に心を奪われるだろう。

「気を抜くな、心を保て」

エンリケは自分に言い聞かせる。

今、彼の心を支えているものが二つある。

自分が倒れたら、世界が終わりという事実。エンリケだけが、世界を救えるという使命感。

もう一つが、まだ戦う手段があるという希望だ。

オリビアから託《たく》された唯一《ゆいいつ》の勝利への道、菫色の願い。ルルタ＝クーザンクーナを絶望の淵《ふち》より救い出すことが、ルルタを倒す唯一の手段。

これを知っているからこそ、エンリケは涙なき結末の力に、終章の歌に、耐えられている。

「ルルタ、お前は、何に絶望しているんだ」

歴代の館長代行が知っていたことは、全《すべ》てエンリケも知っている。しかし、ルルタの心底《しんてい》を推《お》し量《はか》ることはできなかった。彼は何に絶望しているのかも、わからない。

それがわからなければ、戦う方法はない。

ルルタの絶望の理由を、知っているかもしれない存在が、一人だけいる。ハミュッツ＝メセタだ。

「ハミュッツ！　ハミュッツ！　どこだ⁉」

迷宮の入り口に走り、迷宮の中に呼びかける。情報索敵《さくてき》系の能力を持たないエンリケには、走り回るしかハミュッツを見つける方法がない。

ルルタ＝クーザンクーナは、迷宮をゆっくりと歩いていた。数多《あまた》ある彼の能力の中に、移動に使える力もある。それらを使えば、瞬時に地上に行ける。だが、ルルタはあえて自分の足で歩くことを選んでいた。

急がなければならない理由はどこにもない。終章の歌は奏《かな》でられ、世界の人々は生きる意思をなくしていく。

しかし広い世界には、まだ『涙なき結末の力』に抵抗している者もいるだろう。彼らが、結末を受け入れるまで待ってやろうとルルタは思っている。

終章の獣を解き放ち、人々を殺してゆくのはそのあとでいい。

「……………」

だが気がかりもあった。当代の館長代行ハミュッツ＝メセタのことだ。

通常の人間を超越した感覚器を持つルルタだが、人の心までをも見通すことはできない。ハミュッツが何を考えているのかは、彼にも量りかねていた。


バントーラ図書館の敷地は、終章の獣に埋め尽くされている。ハミュッツは図書館最上階、館長代行執務室の窓から、地上を見下ろしていた。

「意外に、時間がかかったものね。始まってから半日もてこずるなんて、存外《ぞんがい》大したことないのかしら。ルルタは」

武装司書たちが粘《ねば》ったのだとはいえないだろう。マットアラストもユキゾナも足止めすらできなかった。他の武装司書も、ルルタにあっさりと敗北した。

ただ、ルルタが急がなかっただけなのだろう。二千年の時を生き続けたルルタに、数時間など何のこともない。

そう思いながら、ハミュッツは一人、コーヒーを飲んでいた。いかなルルタでも、戸惑《とまど》うのは当然だろう。ハミュッツは世界の滅びを前にして、コーヒーを飲んでいるのだ。

「………おいし」

人生で最後の、そしてこの世界で最後のコーヒーである。上手《うま》く淹《い》れられて良かったと、ハミュッツは思った。

ルルタが第五封印迷宮を歩いているのを、触覚糸《しょっかくし》で確認している。急ぐつもりはないようだ。あと二、三時間は猶予《ゆうよ》があるらしい。

「そういえばルルタって、コーヒー飲んだことないのよね。二千年も生きてるのに」

コーヒーが飲まれるようになったのはたかだか二百年ほど前のことだ。ルルタは二千年前から迷宮の外に出ていない。

これを飲んだ者の『本』を、彼は手に入れている。ならばコーヒーを飲んだことと同じなのだろうか。多少、好奇心がわく。

「『新たなる世界』にも、コーヒーはあるのかしらねえ。ないなら、ちょっと大きな損失《そんしつ》だと思うけどなあ」

ハミュッツは、とりとめもなく独《ひと》り言《ごと》を言い続ける。世界の滅びを前に、暇《ひま》を持て余すとは思っていなかった。

彼女は、終章の獣の歌う歌に、全く影響を受けていない。耐えようという気持ちすら持たずに、平静を保っている。

なぜなら彼女は、始めから死を望んでいたからだ。ルルタに立ち向かう意思も、命をつなごうという意思も持っていないからだ。死を望む者から、生への執着を奪うことはできない。

「マットには悪いわね。でも、戦う意思なんてないわよ。はっきり言って無理だし、その気もないのよ」

菫色の願いを知る、唯一の存在ハミュッツ。世界を救える唯一つの可能性ハミュッツ。マットアラストは最後にその希望に賭《か》けた。だが、最後の希望は、始めから潰《つい》えていた。

彼女はすでに、自分の死を受け入れているのだ。

自《みずか》らの死を望む。

この願いは常《つね》に一貫して、ハミュッツの中にあった。神溺《しんでき》教団との戦いでも、その後のオリビアの反逆の時も。

しかし、行動がそれに伴《ともな》っていたかというと、必ずしもそうではない。むしろ、外から見れば、死を忌避《きひ》する方向に動いていたようにしか見えないだろう。

死ぬだけが望みならば、毒でもあおれば一瞬で終わる。

戦って死ぬことを望むなら、部下など持たなければよかった。世界最強の戦士たちが、結果的にはハミュッツを守るために戦っていたのだ。

さらに言えば、敗《やぶ》れて死ぬことを望むなら、もっと弱ければよかったのだ。彼女がミレポックク程度の強さだったら、何の障害もなくハミュッツの願いは叶《かな》っていただろう。

敗北を望みながら、最強であり続ける。

ハミュッツの人生は、矛盾《むじゅん》に満ちている。そのことは、ハミュッツ自身もよく理解している。

「結局、わたしはルルタに殺されるのね」

ハミュッツは呟《つぶや》く。

殺されるのなら、別の相手が良かった。忘れられぬ人、コリオがいる。ハミュッツを追いつめた、シガルやモッカニア、カチュアがいる。勇気を振り絞《しぼ》って反逆した、ヴォルケンやオリビアもいた。

きらめくように美しく、彼らの思い出が蘇《よみがえ》る。彼らに殺されていたら、どれだけ幸せだっただろう。それに引き換え、ルルタに殺されていく今の、なんと色あせていることか。

死力を振り絞る戦いもなく、命を懸《か》けた策略もなく、研《と》ぎ澄《す》まされた殺意もなく、ただ踏み潰《つぶ》されるように殺される。なんともつまらない。

「なんで誰も殺せなかったのかなあ。わたし、ずっとみんなに殺して殺してってお願いしてたのに」

やはり、自分は中途半端だったのだろう。もっと悪事を働けばよかった。武装司書の職も捨て、仲間も部下も捨てて、誰も彼も、目に付くもの全てと戦えばよかった。戦うだけの本当の怪物、全世界の敵になればよかったのだ。

だが、彼女は別の道を選んだ。武装司書として生きることを。悪事を働きつつも、世界の守護者として生きてきた。

その選択が間違っていたのか、そうでないのか。ハミュッツにもわからない。

「……誰も、殺せなかったのよね」

淋《さび》しそうにハミュッツはぼやいた。

まあ、いいと、ハミュッツは思いなおす。

この期《ご》に及んで中途半端な後悔をしてもしょうがない。自分は、望みどおり殺されるのだ。それで、良しとしよう。

半分になったカップを机の上に置き、ハミュッツは天井を仰いだ。誰かに語りかけるように言った。

「……ねえ、チャコリー」

呼びかける相手は、この場にはいない。この世にもいない。『本』すら残っていない彼女は、ハミュッツの思い出の中にだけ生きている。

「あんたの願い、結局叶わなかったわね。わたしの勝ちで、あんたの負けなのかな？　それとも、どっちも負けなの？」

答える声があるはずもないが、ハミュッツは問い続ける。

「どうなの、チャコリー＝ココット。わたしの、生涯《しょうがい》唯一の友達。あんたが今生きてたら、どうなってたのかな。三十歳になったあんたなんて想像つかないけど、三十歳になったわたしだって、想像つかないわよね」

ハミュッツは、懐《なつ》かしさを覚えながら目を閉じる。少女だったあの日の思い出は、昨日のように浮かんできた。

イスモ共和国の南部に、砂漠地帯がある。

現在この世界で、人が住まない陸地はここだけだ。訪れる者はごく少数の研究者や、よほどの犯罪を重ねて逃げ着いた犯罪者、あるいは世を捨てた隠遁者《いんとんしゃ》のみである。

この人は、そのうちのどれだろう。十四歳のハミュッツは、墓を見ながらそう思った。墓には遺体と、『本』が埋められている。

やっていたことは、研究者だろう。発覚すれば、世界中から非難される行為を続けていたのだから、犯罪者でもある。生き方は、全てを捨てた隠遁者でもあった。

墓に、名前は刻《きざ》まれていない。刻むわけにはいかない。万が一、この地を訪れる者が現れ、名前を読んだら一大事になるからだ。

死者の名は、マキア=デキシアート。三代前の、バントーラ図書館館長代行の名前である。

墓の前には、三人の人物がいた。二人は、思春期の少女。そしてもう一人は、はげ頭の老人である。

老人が言った。

「マキア様の『本』は、天国に捧《ささ》げたと申しておきましょう。何分当代のフォトナ様は、あまり駆け引きや嘘《うそ》が得意でないお方。おそらく、騙《だま》されることでしょう」

「そう。どうでもいいよ。ラスコール」

ハミュッツが言った。一般的な人間なら、たぶん、悲しむべきなのだろう。だが、彼女はハミュッツ=メセタである。そんな感情は持ち合わせていない。

「悲しい？　ハミ」

と、ハミュッツの後ろに立つ少女が言った。

「悲しくない、チャコリー」

ハミュッツが言うと、後ろに立つ少女……チャコリーが言い返した。

「でも、お父ちゃん、死んじゃったよ。ハミ」

「知ってるでしょ。ハミ悲しくないよ。お父さん、わたしのこと、そういう風《ふう》に造《つく》らなかったから」

振り向かずに、話し続ける。チャコリーは食い下がってくる。

「嘘だよ、ハミ、悲しんでる」

「嘘つきはチャコリーのほうだよう。わたし悲しんでない」

ハミュッツは、チャコリーのほうを向いて言う。

「ハミのほうが嘘。だってチャコリーにはわかるもん。そういう能力だから」

そう言ってチャコリーは、自分の髪の毛を指し示した。

彼女の顔を見て、綺麗《きれい》だなと思った。何度見ても、見るたびに思う。毎日、顔を見る相手はチャコリーと父のマキアしかいない。なのに、見ても見ても、チャコリーの顔を見飽きない。

二つ年下の、小さな少女だ。ちびで短足で、そのうえ少し猫背だ。

顔は、お世辞《せじ》にも美少女とはいえない。垂《た》れた目と、大きすぎる口。鼻は丸くて大きく、輪《りん》郭《かく》はまん丸だ。

砂風と、太陽にさらされた肌《はだ》は、くすんだ褐色《かっしょく》。顔はしみとそばかすだらけ。服ときたら今時浮浪者でも着ないぐらいのぼろぼろで、その上灰色の分厚い麻《あさ》の布を、肩から羽《は》織《お》っている。

それでも、なぜ綺麗なのか。理由は簡単だ。

灼熱《しゃくねつ》の光を浴び続けても、砂が絡《から》みついても、色あせない髪の色。魔法権利を生まれ持った証《あかし》である、常人《じょうじん》とは違う色だ。

やや青が勝った、深い紫だ。そのなかで、前髪の一房《ふさ》だけが、雪のように白い。癖《くせ》のある髪の毛を、三つ編みに束ねている。黄色いリボンが、花弁にとまった蜂のように見える。菫色の髪と、父は呼んでいた。

菫という花を見たことはない。だが、この髪の例《たと》えに使われるのだから、とても綺麗な花なのだろうと思っている。

「チャコリーの能力、忘れた？」

歯を見せながらチャコリーがにっこり笑う。彼女に、隠し事が不可能なことを思い出して、ハミュッツはため息をついた。

「忘れてたよ。認めるわ。わたし、ほんの少しだけ悲しんでるよ」

「そうだね」

チャコリーの笑顔は、すぐに消えた。父を失った悲しみが、また顔を覆《おお》っていく。

その二人に、ラスコールが言った。

「それでは、私はお暇《いとま》いたしましょう。あなた様たちの行く末に、面白《おもしろ》き結末のあることを」

ラスコールの体が、砂の中に沈んでいく。チャコリーが手を振って見送る。ハミュッツは別

れの挨拶《あいさつ》もしない。

「やること、全部終わっちゃったね。ハミ、これから、どうしようか」

「言われたとおり。ここを離れて、何処《どこ》かへ行く。どこにでも、好きなところへ行く」

ハミュッツは、家の横につながれている駱駝《らくだ》を指差した。二頭の駱駝に、それぞれの荷物が積まれている。砂漠を横断するための水と食べ物。町に着いたあとの、衣服や日用品。そしてハミュッツの駱駝には、投石の紐《ひも》と、たくさんの石も載せられている。

「どこに行く？」

「とりあえず、町に。そこしか行くとこない」

「そうだね、チャコリーも同じ」

二人は駱駝に乗りこんだ。そして、ゆらりゆらりと砂漠を行く。

駱駝は、砂漠の中を歩く。数日の道のりの中、二人はほとんど無言だった。

「ねえ、ハミ。ずっとチャコリーと一緒にいようよ」

チャコリーが言った。

「嫌」

ハミュッツは、にべもなく答えた。そして、また二人は黙り込む。チャコリーが話しかけ、ハミュッツが拒絶する。その繰り返しだった。

また長く間《ま》が空いて、チャコリーが言う。

「ハミは、このあとどうするか、決めてるの？」

「決めてる。どこかで、誰かに殺される」

チャコリーは、悲しそうな顔をした。

「ハミが死んだら、悲しいよ」

「でも、しょうがない。わたしはそういう風に生まれた」

「いやだよ。一緒に行こうよ」

「絶対に嫌。あんたの周りでは戦いが起こらない。だから、わたしは殺されない。それに、あんたといると、わたしはわたしじゃなくなっていく」

「しょうがないよ。チャコリーはそういう能力だから。でも、ハミと一緒にいたい」

「何度も言うけど、絶対に嫌」

「………そう」

チャコリーの声に、僅《わず》かに怒りが込められた。菫色の髪がざわりと揺れた。

「！」

ハミュッツが、顔をしかめた。瞬時に、腰から石を抜き、親指ではじいた。小石はチャコリーの顔を掠《かす》めた。頬《ほお》から血が流れる。

「チャコリー！　わたしに能力を使わないって約束したでしょ！」

珍《めずら》しく、ハミュッツが怒鳴った。今までも後にも、彼女が怒りで我を忘れることは少ない。

「ごめん、わざとじゃない。知らないうちに発動したの」

「……二度と使わないで」

「約束するよ」

また、黙り込む。


道すがら、ハミュッツがチャコリーに話しかけたのは一度だけだった。

「チャコリー。この先、誰に会っても、わたしの正体、ばらしちゃだめよう」

「……わかってるよ」

「ばらしたら、とにかくどうやってでもあんたを殺すわ」

「わかってるよ」

「もし正体がばれたら、わたしの願いは絶対に叶わなくなる。手厚く監禁されて、そのまま一生監獄《かんごく》暮らしよ。

武装司書も、神溺教団も、わたしを殺さないように、全精力を注ぐの、そうに決まってるわ」

喋《しゃべ》りながら、ハミュッツの肌に鳥肌《とりはだ》が立つ。監獄に入れられるだけでは済まないだろう。記憶を奪われ、生きる屍《しかばね》にされるかもしれない。ベッドに縛《しば》りつけられたまま、残りの一生を過ごすのだ。

「……そうはならないよ。だって、チャコリーがルルタを倒すから。ルルタが倒されたら、ハミュッツは自由だよ。生きてても良くなるんだよ」

チャコリーが、笑いながら言った。

「……ルルタは関係ない。殺されたいのはわたし自身の意思」

「どうしても、殺されたいの？」

「当たり前。わたしは、そういう風に生まれついた」

二人の会話には、常に悲しみがつきまとう。最も近しい間柄《あいだがら》で、同じ運命を背負いながら、二人は裏と表のように違う。

チャコリーは、愛されるために生まれ、愛されるために生きる。

ハミュッツは、殺されるために生まれ、殺されるために生きる。

残酷《ざんこく》なほど、二人の行く道は違う。


やがて、町が近づく。二人の今生《こんじょう》の別れの時も近づく。

ハミュッツはこの先、永遠にチャコリーと会うことはないだろうと思っている。後《のち》に一度だけ、出会うことになるのだが、この時のハミュッツには知る由《よし》もない。

「最後だから、予言するよ。ハミのこれからのこと」

「あんた、猫色の毛も持ってたの？」

「ううん、予知能力なんかなくてもわかるよ」

「わたしは、どうなるの？」

「ハミはね、これから町に行って、普通に仕事を見つけて、普通に男の人と恋をして、普通に家族作って、子供とかも作って、病気とか、寿命《じゅみょう》とかで、普通に死ぬんだよ」

「ありえない」

ハミュッツは、首を横に振る。

「ありえるよ。

ハミは誰にも殺されない。いっつもいっつも、誰か自分を殺しに来てほしいと思うけど、誰もハミを殺さない。そうなるの」

「わたしが強いから？」

「たしかに、ハミは世界一強いよ。でもそれだけじゃない」

しばらくの沈黙の後、ハミュッツは言い返す。

「そんなことはない。わたしは、必ず誰かに殺される。誰もわたしを殺せなくても、ルルタがいる。ルルタが動き出したら、必ずわたしを殺してくれる」

「それも、ない」

「どうして」

「チャコリーがいるから。チャコリーが勝って、ハミも助ける」

「……………」

できないとは言えなかった。チャコリーならルルタに勝てるかもしれない。それはハミにもわかっている。

やがて、町は見えてくる。チャコリーは駱駝の上で、自分の荷物を開けていた。中から何かを取り出す。

「ねえ、ハミ」

駱駝の上から、チャコリーが何かを投げてきた。ぬいぐるみだ。見たことのない動物だ。

「なにこれ」

「あげる。持っていって。父ちゃんにもらったんだけど、ハミは持ってなかったよね」

ハミュッツはぬいぐるみをしげしげと眺《なが》める。耳の長い、妙な生き物だ。この世に実在する生き物には見えない。

「うさぎっていうんだって。世界一可愛《かわい》い生き物だって、父ちゃんが言ってた」

「耳が長くて気持ち悪い」

「最初そう思ったけど、今は好き。きっと、ハミも好きになるよ」

「……あんたが好きになるもんなんて、わたしは嫌い」

投げ捨ててやろうかとハミュッツは思った。でも、チャコリーと別れてからでいいだろう。そう思って、ハミュッツは荷物にしまった。その後そのぬいぐるみを、三十歳を過ぎるまで持ち続けることなど、想像もしていない。

チャコリーの言うとおり、本当にうさぎを好きになることも。

ぬいぐるみを、荷物にしまう。ハミュッツが、無言で駱駝の手綱《たづな》を引いた。駱駝は右に大きく曲がる。背中で、チャコリーに別れを告げた。チャコリーはハミュッツを追わず、まっすぐ進み続ける。

「ハミ！　元気でね！」

「嫌よ！」

後ろで手を振っているのが触覚糸でわかった。振り向かず、進み続ける。

「大好きだよ！　ずっと！」

答えを探しあぐねる。わたしもだよ、と答えるか。あんただけよ、と答えるか。どちらも本当で、どちらも嘘だから、ハミュッツは悩んだ。

だから、こう答えた。

「一回だけ、心読んでいいわよ！」

「うん！」

ハミュッツは、菫色の力が、心の中に差し伸べられるのを感じた。チャコリーは、ハミュッツの今の心をどう読み取るのだろうか。

「ハミ、わかった！　ずっと友達だよ！」

心の中で笑った。そうなんだ、わたし、そんな気持ちだったんだ。笑っているのを感づかれないように、ハミュッツはうつむく。駱駝は歩き続け、やがてチャコリーの姿は振り向いても見えなくなった。

あの日の別れは、ハミュッツの心に焼き付いている。目を閉じれば、まるで昨日のように。

「結局、あんたの予言一つしか当たらなかったわねえ」

そう言いながら、胸のアップリケを撫《な》でさする。

ふと、ハミュッツは考えた。

もしも、チャコリーが生きていたら、チャコリーがルルタを救えていれば。ハミュッツは誰にも殺されなかっただろうか。武装司書をやめ、ただの一般人として普通に死んでいただろうか。それとも、変わらずに館長代行として生きているのだろうか。

結婚はするだろうか。するとしたら、やっぱりマットアラストなんだろうか。子供は？　想像ができない。

「ま、想像なんてどうでもいいのよね」

チャコリーは死んだ。菫の咎人《とがびと》として、もはや語ることすら許されない存在になった。菫色の願いは途切れ、もはや叶わない。

そして、世界は滅ぶ。

ハミュッツは窓の外を見下ろす。触覚糸は使っていなかった。使う必要はない。世界中の人はルルタに倒され、生きる意思を持っている者はいないからだ。

「………ん？」

しかし、誰かが動いている。ハミュッツは目を凝《こ》らす。見慣れない人影を見つけたのだ。

エンリケはハミュッツの姿を、ひたすらに捜していた。広い敷地の中もあらかた捜したはずだ。少なくともバントーラ図書館の何処《どこ》かにいるはずなのだが。

「あの女、何をしているんだ、どこで戦っている」

ハミュッツはどこかで戦っているだろう。いくら、異常な思考のハミュッツでも、世界の滅びを前にしては戦わないはずがない。エンリケはそう思っていた。

だから、盲点《もうてん》だった。まさか、そんなところにいるとは思わなかったのだ。

「ねえ、あなた誰？」

頭上から声がした。上を見上げる。最上階にある窓から、ハミュッツが顔を出している。場所から見るに、館長代行執務室だ。

「ハミュッツ、まだ動けるのか？」

エンリケは呼びかける。ハミュッツは首をかしげながら答える。

「いきなり呼び捨て？　そもそもあなた誰よ？」

エンリケは、屋根を飛び、壁を蹴《け》って執務室に駆け上がった。


執務室に飛び込んだエンリケは、卓上のコーヒーカップを見た。コーヒーを飲んだばかりらしく、カップはまだ濡《ぬ》れている。

今見ているものが信じられなかった。世界の滅びを前にして、この女は優雅《ゆうが》にコーヒーをたしなんでいる。恐怖に正気を失ったのではないかとすら思った。

「何を、しているんだ、この状況で。わかってないのか？　世界が滅ぶんだぞ」

「わかってるわよ。それより、君は誰なのさ」

名乗る代わりに、エンリケは小さな雷撃《らいげき》を放った。ハミュッツは、目を見開いて驚く。

「エンリケ君なの？　その顔どうしたのさ？」

「顔のことなんてどうでもいい」

エンリケが詰問《きつもん》するように言うが、ハミュッツは意にも介《かい》さない。

「なんか、ずいぶんイメージ変わったわねえ。わたしは前のほうがかっこいいと思うけどなあ」

何を悠長《ゆうちょう》なことを言っているのだ。本気でエンリケは正気を疑う。

「それより、ハミュッツ。菫色の願いのことを、教えろ」

ハミュッツは、あごに口を当てる。

「それを知ってるとなると……オリビアが願いを託したのは君ね。

まあ、君ぐらいしかいないわよねえ。しかし、一年も何してたのよ。あやうくオリビアの策略、ばれるところだったのよ」

今となってはどうでもいいことだ。エンリケは苛立《いらだ》つ。

「戯言《ざれごと》は要《い》らない。菫色の願いのことを教えろ！」

「あなた知ってるんじゃないの？」

「ルルタ＝クーザンクーナを絶望から救い出すこと。それが菫色の願いだろう」

「ふむ、それは知ってるのね。じゃあ、ルルタが誰か知らないのね？　いいわ。それなら教えてあげる」

「いや、それもわかる。あの男のことも、武装司書の真の歴史も」

ハミュッツは、不思議そうな顔をした。

「そこまで知ってるなら、あとは簡単じゃない。わたしに何を聞くつもりなの？」

「これだけでは、何もできない。ルルタは何に絶望している？　絶望から救い出すにはどうすればいい？」

ハミュッツは、きょとんと目を丸くした。なぜ、そんな顔をしているのかエンリケには理解できない。

「わたしにそれを聞きに来る？」

「菫の咎人に出会ったのはお前だけだ。教えろ。ルルタは何に絶望しているんだ。

ルルタを絶望に落とし込んだものを打ち砕《くだ》く。それだけが、世界を救う方法だろう」

ハミュッツは、しばらく考えていた。

「そうかあ、君は、そういう風に考えるのか」

うんうんと頷《うなず》き、そして大きなため息を一つついた。

「うん、オリビアは人選ミスをしたわね。君には無理ね。菫色の願いを叶えるのは」

エンリケは戸惑う。数時間前、ラスコールにも同じことを言われたところだ。自分の何が不足なのか。戦う意思を持ち、戦う力もある。

「なぜ、そう決めつける。やってみなければわからない」

「確かにそうだけど……でも、やっぱり君には無理よ。できるわけがない」

エンリケの胸を指差しながらハミュッツが言う。

「率直《そっちょく》に言うわよ。今、君はさ、世界を救いたいとか、ルルタを倒すとか、考えてるでしょ。それじゃだめなのよ」

何を言っているのかわからない。今、世界を救うことを考えない者がいるか。

「……意味がわからない」

「ここまでヒントが与えられて、それでも何をするべきかわからないってどういうこと？　考えれば、いや、考えなくてもわかるじゃない。

こんな簡単なことがわからないなんて、この時点で君、駄目よ」


ルルタは、エンリケのことを知っている。彼に会った人の『本』が捧げられている。彼を生み出したガンバンゼル＝グロフの『本』と、カチュア＝ビーインハスの『本』だ。彼が一度、第二封印書庫に降りてきたことも、覚えている。

殺すことは簡単だったが、そういう気分でもなかった。放っておこうと思っている。何の興味もない。『涙なき結末の力』を早く受け入れるべきと思うだけだ。

彼は理解しているのだろうか。自分が生きているのが、敵の手加減の結果に過ぎないことを。ルルタが彼を倒すのは簡単だった。無関心だから、生き延びられているのだ。

二週間前の、虚言者《きょげんしゃ》の宴《うたげ》の時もそうだった。ハミュッツの手加減で、オリビアは生き延び、エンリケのことは隠された。

悲喜劇だ。生き延びさせてもらっているのに、出し抜いていると信じている。勝ち目などないのに、戦おうとしている。

「哀《あわ》れだな、エンリケ＝ビスハイル」

ルルタは呟《つぶや》いた。ルルタにもわかっている。エンリケが自分を救うなど不可能なことを。


ハミュッツは、手を振ってエンリケを追い返す。

「そんなわけで、君は失格よ。もう諦《あきら》めなさい。あの歌を聴いて楽になりなさい」

外では終章の獣たちが合唱している。あの歌に身を預ければ、確かに楽になれるだろう。

しばし、エンリケは沈黙していた。ハミュッツの体が動いた。その直後、雷撃が、執務室の机を焼き壊した。

「何のつもり？」

ハミュッツも流石《さすが》に予想外だったのか、驚いている。

「………お前を殺し、『本』を読む。そして、菫の咎人のことを知る」

きょとんとした目で、エンリケを見た。

「何考えてるの君は。それはありがたい申し出だけどさ。無駄よ。そんなことしても」

「黙れ！」

ハミュッツは、再度横に飛んだ。なおも雷撃が追いかけてくる。机の欠片《かけら》を投石器に装填《そうてん》し、一振りして投げる。エンリケは防御《ぼうぎょ》も迎撃《げいげき》もせずに、攻撃を受け止めて、さらなる雷撃を放つ。

「『本』を読むって言ったって、ラスコールはもう来ないわよ。あいつの役目は終わったんだから」

部屋の隅《すみ》で迎撃体勢を取りながら、ハミュッツが言う。

「だからどうした。ラスコールも捕らえて、『本』を作らせればいい」

「そんなこと、できるわけないでしょう」

「……………それでもだ！」

三発目の雷撃。ハミュッツは足を焦《こ》がしながら、なんとか避《よ》けた。

窓から外に飛び、屋根の上に立つ。すぐさま追撃《ついげき》が来るのは読めていた。エンリケが窓から飛び出してくる前に、別の場所に跳躍《ちょうやく》する。移動しながら、投石器を回し、マットアラストさながらの予測能力で、着地したエンリケの足を撃ち抜いた。

エンリケの心は、ハミュッツにも理解できる。絶望し、倒れることができないのだ。彼が倒れれば、世界は終わる。不可能とわかっていても、倒れることが許されないのだ。

なんと、哀れな男だろう。長い徒労《とろう》と、徒労と、徒労の日々を重ねたエンリケ。この期に及んでも、なお戦うことを捨てられないエンリケ。

「それでも、なお諦められないのね」

おかしくて、ハミュッツは笑った。

「いいわ。それなら、応《こた》えてあげる。精一杯《せいいっぱい》戦いなさい。戦っている間、菫の咎人のことを教えてあげるわ」

雷撃が来た。ハミュッツはその直前に、尖塔《せんとう》の鐘《かね》を投石器で投げている。雷撃は鐘に落ちて阻《はば》まれる。ハミュッツは後退し、エンリケの射程距離から逃げる。

「さあ、戦いなさい、最後の戦いよ！」

ハミュッツは、バントーラ図書館の屋根を駆け回り、エンリケはそれを追う。スピードではハミュッツのほうが遙かに上のはずだ。それでも振り切られていないのは、ハミュッツが手加減をしているからだろう。

「くそ！」

迷いと、混乱、そして足元に迫り来る絶望が、エンリケの力を削《そ》いでいる。かつてカチュアと戦った時のような、動きの切れがない。

戦いながらハミュッツが叫んだ。よく通る声が、エンリケの耳にはっきりと届く。

「さて、教えてあげましょうかね、あいつのこと。

菫の咎人、名前をチャコリー＝ココットといったわ。彼女は、天国を滅ぼすためにとある人に育てられた。生まれつき彼女は、天国を滅《めっ》せる能力を持っていたの。

さあ、ここまでよ！　もっと踏ん張りなさい！」

「くそ！」

終章の獣たちは、地上を埋め尽くすだけではない。屋根の上にもたくさんいる。空を飛んでいるものもいる。

彼らは無関心だ。ハミュッツとエンリケに視線もくれない。

ハミュッツの礫弾《れきだん》をかわし、雷撃で攻撃しながら追い続ける。ハミュッツは屋根を壊しながら、その破片を投げつけてくる。

遊ばれている。それはエンリケにもわかっている。

ハミュッツにとっては、戦う理由など何一つない。エンリケを哀れに思い、戦いに付き合っているのだ。

そして、戦う理由がないのはエンリケすら同じこと。もはやハミュッツを倒したところで何が起こるわけでもない。

なんと馬鹿《ばか》な戦いだろう。こんな戦いに意味などない。それはお互いにわかっている。それでも戦い続けている。

逃げるハミュッツを捕らえきれない。射程距離の向こうから、ハミュッツが叫んでいる。

「どうしたの、不甲斐《ふがい》ないわよ！　君は、この三倍は強いはずでしょ！」

敵に励《はげ》まされながら、エンリケが遮二無二《しゃにむに》突撃する。礫弾に体を破壊されながら、エンリケは全身から雷撃を放つ。

「そう、いいわね。

教えてあげるわ。チャコリーの力は、心魂《しんこん》共有能力と名付けられているわ。ミレポの持っていた、思考共有能力の上位版よ。

彼女は、考えていることをやり取りするだけじゃないわ。相手の感情を読み取り、そして感情を与えることができるわ。悪用すれば、人間の心まで操《あやつ》れる、とんでもない力よ」

その意味を考えて、一瞬エンリケの攻撃が止まった。

「話は途中、まだ戦いなさい！」

ハミュッツが叱咤《しった》するように、小石を連続で放ってきた。考えていたエンリケは、全弾直撃を食らってしまう。

戦いながらエンリケは考える。その能力ならば、たしかにルルタに対抗できるかもしれない。ハミュッツが百人いても傷一つつけられないルルタ。しかし、心を操ることができれば。

話の続きを聞くために、エンリケは戦い続けた。ハミュッツは笑いながら、彼の攻撃を避け続ける。

地上で行われている、最後の戦いをルルタは見つめている。

彼は思った。ハミュッツ＝メセタよ。エンリケをなぶるのはよせ。かすかな希望にすがりつかせ、哀れな戦いを続けさせるか。

エンリケに、諦めを与えろ。戦いから、生きる意思から解放し、彼を楽にしてあげるのだ。

ハミュッツは、喜び、愛《め》でている。エンリケの、諦められない心を。

だがルルタには、エンリケの姿に悲しみしか感じられない。

ルルタが望むのは全ての諦めなのに、エンリケだけがまだ諦めていない。

一つ、ため息をついた。

十数分も戦っただろうか。エンリケは空中を飛んでいる時に、礫弾に叩《たた》き落された。超回復の力を持つ彼には、たいしたダメージではない。だが、地上に叩き落されるのは少しこたえた。

エンリケは立ち上がる。ハミュッツは、尖塔の一つに立っている。

彼女がまた、口を開いた。

「チャコリーは、ルルタの心を読み取ったわ。始めはルルタを操るつもりだったのよ。だけどそれは失敗したわ。彼は魔術による精神操作にすら、耐性を持っていたわ。ルルタと心をつないで、チャコリーは知ったわ。彼の心が深い絶望に囚《とら》われていることを。彼が、幸いの『本』を集めるのは、その絶望から逃れるためだと知ったわ。そして、チャコリーはルルタに恋をした」

エンリケが聞きたいのは、その続きだ。ルルタは何に絶望しているのか。

さらなる攻撃を加えようとする。その時、ハミュッツが動きを止めた。エンリケも思わず、攻撃の手を休める。

「ねえ、エンリケ君。ここまで聞いて、まだわからない？　あなたが絶対にチャコリーの願いを叶えられない理由」

「……」

エンリケは何も答えられない。

「初めから聞いていたでしょう？　チャコリーはルルタに恋をした。彼女の恋を叶えることが、ルルタを幸せにすることが菫色の願いだと」

「……そうだ」

「そもそも、チャコリーのことなんか知らなくてもわかるじゃない。ルルタを力で倒すことは絶対に不可能。だとしたら、できることは一つしかないでしょう。

幸せの『本』を集めることを、やめさせる。ルルタの心を変える。それ以外何かある？」

「……」

「まだ、わからない？　自分のことを考えて見なさいな。

ザトウに食われて自殺しようとしていたあなた。それを変えたのはノロティ。

さあ、ノロティはあなたに何をした？」

ノロティは、自殺なんてやめろと言った。そして自分につきまとい、たびたび馬鹿な真似《まね》をした。それが、エンリケの心を変えた。

「同じことよ。人の心を変えるのに、必要なもの。絶望を打ち砕くためにやるべきこと。

一つしかないわ。簡単じゃない。

ただ、思いやることよ。打算もなく、偽《いつわ》りもなく、心の底から思いやること。

菫色の願いを叶えるために必要なのは、ルルタを愛することよ」

エンリケは、もう動けなかった。当たり前といえば当たり前のこと。それに気づけなかった。

「考えもしなかったでしょう。ルルタをどう倒すかしか、頭になかったでしょう。だから、不可能よ。君は自分で気づけなきゃいけなかった。わたしに教わっちゃいけなかった。打算があったら、ルルタを心の底から思いやるなんてできないものね」

「……」

頭の中が白い。そんな簡単なことだったなんて、そして、そんな難しいことだったなんて。

「そう、不可能なのよ。ルルタは、この世を支配する魔王。それを、心から思いやり、愛するなんてできっこないわ。事実、チャコリーを除く誰一人、しようともしなかった」

ハミュッツが、エンリケを見下ろしている。彼女を見上げながら、ただ呆《ほう》けている。

「君を責めるのも、酷《ひど》い話よね。誰にもできないことだもの。だから、気にしなくていいのよ」

「……ルルタは、何に絶望しているんだ？」

「まだ、粘るの？　聞いてどうするの？」

「わからない」

「まあいいわ。聞きたいなら、戦いなさい」

また、戦いが始まった。

エンリケは、何も考えていない。考えられないほど彼は打ちのめされていた。世界が滅ぶという現実。それを阻止《そし》できない自分。長い戦いが徒労に過ぎなかった事実。世界を救うことも、ルルタを阻止することも、もう考えていない。ただ、話を最後まで聞くことしか考えられなかった。

ルルタが、足を止めた。そして頭上を見上げた。自ら手を下すことはないと、放置していた地上の戦い。しかし、続けさせるのはエンリケが哀れだ。やめさせるとしよう。ルルタが、拳《こぶし》を握り、右手の人差し指を立てた。

向かってくるエンリケ。これ以上チャコリーのことを伝えるのは無意味かもしれない。だが話すと言ったからには話さなければならないだろう。

ハミュッツは屋根を蹴り、隣の屋根に飛ぶ。

「じゃあ、教えてあげるわ。

ルルタ＝クーザンクーナの食った『本』の、とある一冊」

その瞬間、言葉が途切れた。ふと、ハミュッツは下を見た。そこは奇《く》しくも、バントーラ図書館の中心部。封印迷宮の真上だった。

ルルタ＝クーザンクーナが、人差し指を振り上げた。

そこは奇しくも、封印迷宮の中心部だった。

音は立たなかった。あまりにも鋭い一撃には、力の無駄などない。ただ一瞬で、地上から天へと攻撃は駆け抜けた。

針、と呼ぶべきだろう。あまりにも長大だったが、形状は針そのものだ。

太さは、人の太股《ふともも》程度だろうか。長さは、バントーラ図書館地下から、地上部の天井を抜けて、さらに天の高みまで。おそらくは、地上の建造物のどれよりも高く。エンリケは、このとき初めて、ルルタの力を目の当《ま》たりにした。針が地上から突き出る様《さま》は、目で追うことすらできなかった。

「………ハミュッツ」

エンリケが呟いた。

針の中ほどに、ハミュッツの姿。針は、背中から、胸のちょうど中央を突き抜けて。

ごぼりと、ハミュッツが血を吐いた。血は口から喉《のど》をつたい、足先まで広がった。血を吐いた動作の他は、身じろぎもしない。

いくら待っても、ハミュッツは身じろぎもしない。

「ハミュ………」

その先は、言葉にならなかった。エンリケの膝《ひざ》が、地面に落ちた。最後の希望だった、チャコリーの情報が、消えた。

針は、ルルタの右横から突き立っている。ルルタは右手人差し指を下ろし、天井を見上げた。

「ハミュッツ＝メセタ。これでいいだろう。エンリケは諦めた、お前の望みも、果たしたはずだ」

ルルタが一睨《ひとにら》みすると、積み木を崩《くず》すような静かな音とともに、迷宮の天井が崩れていく。

太陽の光が差し込むと同時に、ルルタの体が宙に浮く。

僅かに両手を広げ、顔を青い空に向け、ルルタは飛んだ。太陽を目指す燕《つばめ》のように軽やかに。地上を抜け、図書館地上部を過ぎ、ハミュッツの横を通り抜けて。

二千年ぶりのことだ。太陽の下に、ルルタが姿を現した。

「懐《なつ》かしいな、この暖かい光」

急上昇していたルルタが止まる。長大な針の先端に、裸足《はだし》の親指を乗せた。衣服と髪が、ふわりと舞い上がった。

「何もかも、懐かしい。幾千《いくせん》もの『本』を食って、見知っていたはずの世界なのに」

その体は、あまりにも幼《おさな》く、小さい。年のころは、十五歳にも満たない、少年の体だった。細く、柔らかく、なまめかしい裸《はだか》の上半身。両手の甲《こう》と、左肩から胸にかけて、蔓《つる》を模《も》した刺青《いれずみ》が施《ほどこ》されている。

衣服は、下半身に巻いた布のみだ。ひだの入ったスカートにも、上半身を肌脱《はだぬ》ぎにしたロー

ブのようにも見える。

これが、人間の顔だろうか。見た者は誰もがそう思うだろう。憂《うれ》うような、慈《いつく》しむような、それでいて機械のようでもある。この世に生きる者の顔ではない。天才的な芸術家が、夢想と思索の果てに描いたような、奇妙な表情だ。

「見飽きた世界と思っていたが、この目で見るとまた美しい」

ルルタの髪が、上空の風にたなびく。肩にかかる程度の髪を、手でかきあげた。

髪の色は、透明だった。生まれつきの魔法権利を所持《しょじ》する証《あかし》。そして、エンリケも知っている、あの能力を保持する証だ。

ルルタ＝クーザンクーナ。その能力は、『本』食らいである。

彼は、二千年かけて食い続けた。

自らの体を樹木に変えて、二千年の時を生き続ける『本』。

因果抹消《いんがまっしょう》能力を用いた防御の『本』。

長大な針を生み出す『本』。

空を飛ぶ『本』。思考共有能力の『本』。超常的な感覚の『本』。束縛《そくばく》の能力の『本』。糸を操る『本』。

そして、世界を滅ぼす力、終章の獣を操る『本』。

様々な、そしてとてつもなく多くの『本』を、ルルタは食った。

ハミュッツクラスの戦士の『本』も、五十人は下るまい。そして、ハミュッツを超える戦士すら、両手の指に余る。

ルルタはそれらの力を、余すことなく使いこなしている。同じ『本』食らいの能力者、ザトウならば、千分の一を食ったところで、能力の限界が来て発狂しているだろう。

二千年。彼は『本』を求め続けた。強者の『本』を、幸福の『本』を仮想臓腑《ぞうふ》に収め、自らのものとしてきたのだ。


「……あ」


一声発したきり、エンリケは動けなかった。せめて、最後まで戦えと心は言っている。だが、その命令を覆《くつがえ》す実力差を感じていた。

長い間ルルタは辺《あた》りを見渡していた。彼の心情を量《はか》ることはできなかった。表情を見るには高すぎる。見えても理解できないだろう。

何かを探しているのか、あるいは名残惜《なごりお》しさを感じているのか。

ふと、一点に視線が集中した。エンリケもそちらを見る。

十五頭の鯨《くじら》が、空を飛んでくる。速度は飛行機を上回っている。鯨使いのボンボだ。ようやく、駆けつけた。

最後尾の鯨の上に、ボンボが立っている。バントーラ図書館が見えると同時に、高度を下げ、さらに速度を上げる。ボンボの標的は見えている。

鯨の突撃と同時に、エンリケもまた動いた。

エンリケが生み出せる最大の雷撃と、全ての鯨の最高速の突撃。

ルルタの両手が動いた。右手から、木綿《もめん》糸のように細い光の線が走った。左手からは、かすかに見える、黒い霧《きり》が生まれた。

光の線は十五体の鯨を膾《なます》切りにした。鯨の悲鳴とともに、ボンボが地上へと落ちて行く。

黒い霧が雷撃を吸収し、そのままエンリケに返す。エンリケの体が焼け焦げ、倒れる。

それが、人間たちの最後の抵抗であることを確認すると、ルルタは淋しそうに笑った。

「ルルタ……」

エンリケは、肺から振り絞《しぼ》るように言った。自分でも聞き取れるかどうかの、小さな声だった。

「何が望みだ、お前に……」

ルルタが、地上のエンリケを見下ろした。

「お前に、何が要る。全ての幸福を手に入れて、食いつくし、その上に他に何が欲しい……全てを手に入れて、その上で、何に、絶望している……」

ルルタは答えた。

「この世界の、どこにも僕の望むものがないことに。この世界があることに。君がいて、僕がいる、そのことに絶望している」

その言葉を聞くのがやっとだった。エンリケの目が閉じられた。

彼が最後だった。彼を最後に、全ての人間が生きることを諦めた。

時刻は、十二時二十九分。太陽は中天《ちゅうてん》に昇りきっていた。

針に胸を貫かれた、ハミュッツの遺体が笑っていることに。

誰も、気がついていない。

誰も気に留めていない。

この世界で、ハミュッツだけが自らの目的を果たしたことに。ルルタが動き始めてから、死んだのはハミュッツ一人。ルルタすら含めた、他の全てが敗者であり、彼女一人が勝者であることに。

ハミュッツの死体から、血が一滴、こぼれた。

断章 不可解な彼女の欲求

迷宮の中、マットアラストが倒れている。その目は開いていないが、心はかすかに動いている。彼が思うのは、過去のこと。十八歳の日、人生の転機となったとある日のこと。


その日、彼は酒場の喧騒《けんそう》の中、酒を飲んでいた。彼の周囲には、覚えきれないほどの女性がやってくる。それを狙《ねら》って友人と称する連中が群がっている。

ぼんやりと、退屈に耐えていたマットアラストは、ふと酒場の一角に目を留めた。

一人の少女が座っている。両手でコップを持ち、甘い酒を、猫のように舐《な》めている。眼鏡《めがね》をかけた、冴《さ》えない少女だった。着ているものは野暮《やぼ》ったく、髪はきっちり三つ編みに揃《そろ》えている。膝《ひざ》の上には何のつもりか、うさぎのぬいぐるみを持っている。誰と話すでもなく、一人座っていた。

田舎《いなか》娘は、嫌いだった。大抵《たいてい》すぐにのぼせ上がり、あとになって面倒《めんどう》ごとが起きる。

だけど、胸がでかいな。マットアラストはそう思い、立ち上がった。冗談のようだが、ハミュッツ＝メセタに声をかけた最初の理由がそれだった。

「それ、何？」

マットアラストは、ハミュッツの隣に腰を下ろした。隣に置いてある、うさぎを指差した。

「友達」

迷うことなく少女は言った。

「……へえ」

なかなか面白《おもしろ》いかもしれないと、マットアラストは思った。もちろん、悪い意味でだ。

「友達なんだ」

「友達で、たぶん、世界の救世主」

「世界の救世主……」

マットアラストは、自分を押しとどめた。爆笑するのはまだ早い。この先、まだまだ、面白くなりそうな流れだ。

「友達は、他にどんなのがいる？」

「こいつだけ。本当は大嫌いだけど、友達はこいつだけ」

じゃあ、一人で来たのかと、マットアラストは思った。そう言えばさっき、その辺にいる女の誰かが言っていた。変な子がいるから連れてきたとか、そんな話だ。

そして、変な子は、この子以外にいない。

「俺はどう？　俺は友達？」

マットアラストが言うと、少女は不思議そうな顔をして言った。

「あんた誰?」

　知らないのかと、少し驚く。

「マットアラスト＝バロリー。武装司書」

「ふうん。どうでもいい」

　多少、プライドに障《さわ》った。恋愛の駆け引きではなく、本当に自分に興味を示さない人は久しぶりだった。

「君は?」

「ハミュッツ＝メセタ」

「ハミュッツか。珍《めずら》しい名前だな。メセタってことはイスモあたりの出身か」

「さあ、偽名《ぎめい》だから」

　このあたりで、マットアラストはからかわれているのではないかと思い始めた。そう思うと少し不快で、この少女から興味が失《う》せた。

「あなた、強い?」

　何を馬鹿《ばか》なことを聞くのかと、マットアラストは思った。

「ああ。当然」

「わたしより?」

　この子は武装司書を知らないのだろうか。ふざけるにも、もう少しやり方があるだろう。マットアラストは当然のように答える。

「もちろん」

その時、たまたま予知能力を発動していたのが幸いした。そうでなければ、マットアラストは失明していただろう。

瞬間的に、掌《てのひら》を顔の前に出した。手に衝撃が走った。ハミュッツの人差し指と中指が、マットアラストの掌で止まっていた。指を眼球に突き立てようとしていたのだ。

「本当だあ。やっぱり、チャコリーは嘘《うそ》ばっかりだ。わたしより強い人、いるじゃない」

悪びれもせずにハミュッツが笑った。周囲の人間は何が起きたのかわかっていない。二人の会話など聞こえていないだろう。

「君、面白いなあ」

掌の骨にひびが入っているのがわかった。痛みで顔をしかめる前に、笑いがこみ上げてきた。

「面白い？　わたし？　どこが？」

きょとんと、ハミュッツが首をかしげた。

「………あっはははははは」

こらえきれずに、マットアラストは爆笑する。ソファから転げ落ち、しばらくのたうった後、ようやく立ち上がった。

「こりゃあいいや。運命の人を見つけたぜ」

周りの友人や女性たちがざわついた。

「運命の人？　友達のこと？」

「そうだ。友達のことだ」

そう言いながら、ハミュッツの肩を抱く。

「やめなよ。世界が滅ぶよ」

「なんだって？」

何を言っているのかはわからない。だがそんなことはどうでもいい。

「わたしが本気で、あなたのこと好きになったら、この世界滅ぶよ」

ハミュッツが笑った。

「だから、友達はやめよ。世界滅ぶから。それより、殺しあうほうがいいな」

笑っているが、本気だとわかった。こりゃあ、つくづくとんでもないのと出会っちまったぞ。マットアラストはそう思った。

二人は同時に、立ち上がった。

「わたしのこと殺したら、世界救えるよ。だから、殺しあおうよ」

何の冗談を言っているのかと、周囲の人間は笑っている。だが、マットアラストにはわかっている。冗談かどうかはわからない。だが、この女とは次の瞬間、殺しあうことになると。

「世界、救ってね」

そう言った瞬間、二人は同時に拳《こぶし》を放った。

最初の戦いは、マットアラストの勝ちだった。酒場の壁がへこんでいる。ハミュッツが叩《たた》きつけられた跡だ。

「ねえ。殺す？」

口から血を吐き出しながら、ハミュッツが言った。

「わたしを殺したら、世界救えるよ。わたしと友達になったら、世界滅ぶわ。ねえ、マットアラストっていうの？　世界救おうよ」

そう言いながら、ハミュッツはさらなる攻撃を求めていた。マットアラストは笑い、さらに蹴りをくり出した。楽しさの中に恐怖が混じり、それがなおさらに楽しかった。

その日、ハミュッツとマットアラストは友達になった。そして、ほんの僅《わず》かの後に、それ以上の関係に。

あの日、自分はハミュッツの正体に迫ったのかもしれない。一度として話してくれなかった、彼女の本当の正体に。

迷宮の中に倒れながら、マットアラストは思う。

俺は最後に、君の正体を知りたかったよ。

君は、いったい、どこの誰だったんだ？

あとがき

こんにちは、山形石雄《やまがたいしお》です。「戦う司書」シリーズ第八作『戦う司書と終章の獣』をお届けします。楽しんでいただけたでしょうか。

これから読まれる皆さまへ。大人しかった前作とは打って変わって急展開となっています。どうぞ楽しんでいってください。


まずはPRから。

『戦う司書と恋する爆弾』が漫画になりました。

漫画を描いていただくのは篠原九さんという方です。読み方は「しのはらここのつ」さんです。「きゅう」ではないそうなのでご注意願います。

大変に美麗《びれい》な絵を描かれる方です。前嶋重機《まえしましげき》さんともまた違う、戦う司書の世界を作者の私も堪能《たんのう》しています。

掲載しているのは、集英社が運営しているwebコミック誌『ウルトラジャンプエッグ』。ウルトラジャンプのホームページや、スーパーダッシュ文庫のホームページからもリンクされています。webコミックなので閲覧《えつらん》は無料です。どうぞアクセスしてみてください。

よろしくお願いします。

先日、その篠原九さんとの顔合わせを兼《か》ねまして、鍋《なべ》を食べに行きました。私の担当編集と、ウルトラジャンプの編集の方も同席しました。もちろん集英社の金です。

美味《うま》いものなんて他人におごらせなきゃ食えないので、目一杯食べない手はありません。ですが、私のいやーな部分がここで出ました。

鍋が四分の三ほど消えたあたりで、向かいに座っていた担当が言いました。

「すいません。さっきから山形さんが、豆腐《とうふ》としいたけを全部食ってます」

私のいやなところ一つ目。

要《い》らない気後《きおく》れをして、肉に箸《はし》が伸びなかったこと。しかも無意識で。担当も篠原さんも、肉たくさん食った程度で悪く思うほど度量《どりょう》狭くないでしょうに。

二つ目。

気後れするなら気後れするで、食べる量控《ひか》えればいいわけで。でも美味いもの食いたさに箸《はし》を止めない自分の卑《いや》しさ。豆腐としいたけって、どれだけせこいのか。

三つ目。

おいしいもの食べさせてもらったんだから、素直においしかったと書くべきだろうに。三ページしかないあとがきの、一ページ丸々使ってしょぼい愚痴《ぐち》。読み手も書き手も誰も得しない文章の垂《た》れ流し。インクと紙の無駄遣《づか》い。こんな文章載せて金を貰《もら》うつもりの自称小説家。四つ目。この程度のことでどれだけ愚痴れるのか自分は。たぶん五、六ページは軽い。きりがないのでこの辺でやめます。

篠原さん、ウルトラジャンプの編集さん、どうもありがとうございました。この先もどうぞよろしくお願いします。

最後に謝辞《しゃじ》を。

今回もイラストを描いていただいた前嶋重機さん、ありがとうございました。ますます多忙を極《きわ》める中、本当に感謝しております。

担当さまと、編集部の皆様、デザイナーの皆様、今後ともよろしくお願いします。

「戦う司書」シリーズも、結末が近づいています。読者の皆様、次の作品でお会いしましょう。

山形　石雄

戦う司書と終章の獣

山形石雄

集英社スーパーダッシュ文庫

2008年4月30日　第1刷発行

★定価はカバーに表示してあります

発行者

礒田憲治

発行所

株式会社 集英社

〒101−8050　東京都千代田区一ツ橋2−5−10

03(3239)5263(編集)

03(3230)6393(販売)・03(3230)6080(読者係)

印刷所

大日本印刷株式会社

ISBN978−4−08−630417−7 C0193

『本』が織り成す恋と奇跡――
壮大なファンタジー。
大賞受賞作
シリーズ・好評既刊
戦う司書と恋する爆弾
戦う司書と雷《いかずち》の愚者
戦う司書と黒蟻の迷宮
戦う司書と神の石剣
戦う司書と追想の魔女
戦う司書と荒縄の姫君